AtV

LYDIA ADAMSON ist das Pseudonym einer bekannten amerikanischen Krimiautorin. Weitere Titel im Aufbau Taschenbuch Verlag sind: »Eine Katze kommt selten allein«, »Eine Katze lädt zur Weihnachtsgans« und »Eine Katze auf dem Laufsteg«.

Seine ausgeflippten, »absurden« Musicals haben Krispus einst in New York zu einer Kultfigur werden lassen. Das einzige, was Alice Nestleton, verkannte Schauspielerin und im Nebenjob Catsitterin, heute an dem streitsüchtigen Alten mag, sind seine zwei schönen Katzen. Und nun schleppt sie ihr Freund Tony zu ihrem Ärger auf eine Party bei dem Komponisten mit. Kurz nachdem sie dessen Wohnung betreten haben, fallen fünf Schüsse, und Alice steht vor der Leiche eines guten Bekannten und ausgewiesenen Katzenliebhabers. Eine höchst mysteriöse Angelegenheit, in die Alice gern Licht bringen möchte.

Lydia Adamson

Eine Katze tanzt aus der Reihe

Kriminalroman

Aus dem Amerikanischen
von Christine Pavesicz

Aufbau Taschenbuch Verlag

Titel der Originalausgabe
A CAT IN A CHORUS LINE

ISBN 3-7466-1179-2

1. Auflage 2000

Umschlaggestaltung Torsten Lemme
unter Verwendung eines Fotos
von M. Pellicer, allover Bildagentur
Druck Elsnerdruck GmbH, Berlin
Printed in Germany

www.aufbau-taschenbuch.de

1

»Ich weiß nicht, warum ich mich überhaupt bereiterklärt habe, zu dieser blöden Party mitzugehen«, rief ich Tony Basillio wütend zu. Er trieb mich zur Eile an. Ich lasse mich beim Ankleiden nicht gerne zur Eile antreiben.

»Erstens ... kommen wir bereits zu spät, Madame Nestleton. Und zweitens ... ist es keine Party.«

»Was ist es denn?« fragte ich, während ich versuchte, mir vor dem Spiegel darüber klarzuwerden, wie viele Knöpfe ich an meiner Bluse – im Ausschnitt – offenlassen sollte. Es war ein heißer Sommerabend, aber drei Knöpfe waren ein wenig gewagt – in meinem Alter.

»Nun, es ist eher so was wie eine Wohltätigkeitsveranstaltung.«

Spöttisch erwiderte ich: »In einer Mietskaserne im Hell's-Kitchen-Viertel? Nein! Es ist ganz einfach eine als Party getarnte Kollekte für die Miete.«

»Hör mal, Schwedenmädel! Der Mann ist alt, krank und pleite. Und er ist einer von den unseren.«

»Was meinst du mit ›einer von den unseren‹?«

»Wie wir. Vom Theater.«

Damit hatte Tony wohl recht. Wenn jemand »vom Theater« war, dann Peter Nelson Krispus. In den siebziger Jahren schrieb er das Libretto und die Musik für drei seltsame »Operetten«. Zwei davon waren weitab vom

Broadway erfolgreich. Eine wurde nach vier Aufführungen am Broadway abgesetzt. Von den Kritikern wurde er entweder verabscheut oder geliebt. Einer sagte, durch ihn erlebe die musikalische Komödie einen Rückschritt um hundert Jahre. Ein anderer meinte: »Krispus ist von einer fixen Idee besessen: Er glaubt, er kann schmuddeliges Zoten-Varieté zur Kunstform erheben.« Und der angesehene Kritiker der *New York Times* schrieb: »Krispus hat etwas Erstaunliches vollbracht: Die erfolgreiche Verschmelzung von Gilbert und Sullivan mit Eugene Ionesco.«

Jetzt war von seinem genialen Talent – falls er es wirklich besessen hatte – nichts mehr übrig. Er schrieb keine Stücke mehr. Seine Theaterstücke oder Operetten oder *Divertissements* (jeder hatte einen eigenen Namen dafür) wurden nicht mehr aufgeführt. Die Erinnerung daran wurde von einer kleinen Gruppe von glühenden Anhängern, meist aus akademischen Kreisen, am Leben gehalten. Wie ich gehört hatte, gab es für seine Art von Stükken sogar einen Namen – »Operette des Absurden.« Ich hatte nur eines seiner Werke gesehen. Wenn ich mich recht erinnere, hieß es *Auf einer Dominante endend.* Zwölf Minuten nach dem Verlassen des Theaters hatte ich es vergessen. Und die Lieder – schlüpfrige Parodien auf Gilbert und Sullivan – gingen überhaupt nicht ins Ohr.

»Wir bleiben nur eine Stunde oder so. Es wird sehr voll werden«, erklärte Tony.

»Und wann lassen sie den Hut herumgehen?« fragte ich.

»Es gibt keinen Hut, Schwedenmädel. Nur einen großen Blumentopf auf einem Sims über einem zugemauerten Kamin. Man ist da ganz diskret.«

Als krönenden Abschluß legte ich die winzigen Jadeohrringe meiner Großmutter an und öffnete dann Dosen für Bushy und Pancho, die ob meiner Nachlässigkeit allmählich zornig wurden.

Als sie sahen, daß es bloß ganz normale Katzenfutterdosen waren, wurden sie noch zorniger, weil ich ihnen norwegische Sardinen samt Haut und Gräten versprochen hatte.

»Ihr müßt lernen, daß eure Wünsche nicht immer gleich in Erfüllung gehen, Katzen«, ermahnte ich sie. Bushy sah aus, als schäme er sich für mich, für meinen Verrat. Er wandte den Kopf ab. Pancho verkürzte seine manischen Sprints, in denen er vor eingebildeten Feinden flüchtete, und begann fast gemessenen Schritts dahinzutraben, wobei er mir ab und zu einen bösen Blick zuwarf.

»Schau dir diesen verrückten Kater an«, sagte Tony und schüttelte über Panchos Marotten den Kopf. »Jetzt hält er sich für einen Lippizzaner.«

»Nenne Pancho nicht verrückt. Ich mag das nicht.«

»Man möchte glauben, daß er mit dem Alter ruhiger werden würde. Aber nein. Er läuft den ganzen Tag herum. Er läuft die ganze Nacht herum. Eine Menge Leute hoffen, daß seine Verfolger – wer immer sie sind – ihn irgendwann erwischen werden.«

»Er wurde als Baby mißhandelt.«

Tony fand das sehr lustig. »Wenn ich eines weiß«, sagte er, »dann, daß Pancho niemals ein Baby war. Er ist voll ausgewachsen aus dem Mutterleib herausgeflitzt.«

»Natürlich war er ein Baby ... ein knuddeliges kleines graues Fellbündel. Und dann wandte sich die Welt gegen ihn.« Das war ein lächerlich theatralischer Satz. Ich weiß nicht, was in mich gefahren war, daß ich ihn aussprach.

Tony applaudierte spöttisch und sagte dann: »Ich glaube, er braucht eine Frau.«

»Wer?«

»Pancho.«

»Er lebt enthaltsam.«

»Es würde ihm guttun. Es würde seine volle Aufmerksamkeit erfordern. Er würde stehenbleiben und sich umsehen müssen.«

»Hast du jemanden im Auge?«

»Das, Madame Nestleton, ist tatsächlich der Fall. Ich weiß nicht, wie sie heißt, aber sie wohnt in einem Keller irgendwo an der 29th Street / Ecke Lexington Avenue.«

»In einem Keller?«

»Ja. In einem Keller. Als ich einmal vorbeiging, war die Kellertür offen, und da saß diese Katze, etwa auf der dritten Stufe von oben. Es war so eine mit großen Ohren und dieser seltsamen Körperform.«

»Meinst du eine japanische Bobtail?«

»Möglich. Ich habe sie nicht gefragt. Jedenfalls hatte sie die großen Augen und die gespenstischen schwarzen Pupillen einer Katze, die den Großteil ihres Lebens im Dunkeln verbringt. Und eine wunderschöne schwarzweiße Zeichnung. Und als wir einander so anstarrten, sagte ich mir, also, das ist die perfekte Frau für Pancho. Wirklich, einfach perfekt. Machen wir uns doch nichts vor – Pancho ist nicht gerade ein Adonis, und diese Dame in dem Keller kann bei Tageslicht wahrscheinlich nichts mehr sehen. Sie würde Pancho nur im Finstern zu Gesicht bekommen. Und im Finstern sieht er ... mit all seinen Narben ... ehrlich gesagt, noch am besten aus.«

»Verkupple sie, Tony«, sagte ich.

Dann stellte ich die Schüsseln mit dem Katzenfutter auf ihren üblichen Platz auf dem Fußboden und wandte mich wieder dem eigentlichen Thema zu.

»Eines verstehe ich nicht, Tony: Warum veranstalten

sie so eine Party, bei der sie Geld für die Miete sammeln wollen, im August, wenn alle Theaterleute, die auch nur ein bißchen Geld haben, aus der Stadt weggefahren sind?«

»Ich glaube, das Datum hat irgendeine Bedeutung. Sie ist immer am einundzwanzigsten August. Vielleicht hat da irgend jemand Geburtstag. Oder es ist ein Jahrestag.«

Plötzlich wehte ganz leise eine wundersame Brise durch meinen Loft. Sie war fast kühl und sehr angenehm, da mein erst vor kurzem installierter Deckenventilator total den Geist aufgegeben hatte.

Beide Katzen hatten mir bereits vergeben, ihren Traum von Sardinen vergessen und sich über ihr Futter hergemacht.

»Eigentlich«, meinte Tony, »war es für mich ein Schock, als du sagtest, du würdest mich doch zu der Party bei Krispus begleiten.«

»Du bist aber leicht zu schockieren.«

»Aus welchem Grund kommst du wirklich mit?«

Ich grinste. »Was glaubst du?«

»Aus Liebe zu mir und Mitleid mit mir und dem Wunsch, mich glücklich zu machen«, versetzte er.

»In Wirklichkeit will ich diese Katzen sehen«, korrigierte ich ihn. Ich sprach von George Bernard und Shaw, wie die zwei Katzen von Krispus hießen. Es waren silbergrau getigerte Maine-Coon-Katzen, und ich mußte einfach mit eigenen Augen sehen, ob sie tatsächlich so groß und schön waren, wie Tony behauptete. Tief im Innern wußte ich natürlich, daß mein rot-cremefarbener Bushy der größte und schönste Main-Coon-Kater aller Zeiten war.

Wir fuhren mit dem Bus nach Norden und stiegen an der 49th Street / Ecke 8th Avenue aus. Dann gingen wir

Richtung Westen zu Krispus' Wohnung in der 52nd Street / 10th Avenue. Tony ergriff meine Hand und hielt sie ganz fest.

»Erinnerungen?« fragte ich.

»Genau.«

Das war wirklich unsere alte Wohngegend. Hier wohnten praktisch alle jungen Menschen, die nach New York kamen, um Schauspielunterricht zu nehmen.

Tony und ich hatten uns in einer Schauspielschule über einem Theater in der 52nd Street / Ecke Broadway kennengelernt. Wir hingen in einem griechischen Café in der 47th Street / 9th Avenue herum. Wir tranken Bier in einer Arbeiterkneipe in der 50th Street / 8th Avenue.

Es wurde dunkler und wärmer. Jetzt wurde Tony poetisch: »Nenn es das Theaterviertel, nenn es den Boulevard der Träume, nenn es den Teufel, nenn es Hell's Kitchen; nenn es, wie du willst, aber es ist noch immer das Viertel mit den meisten Theatern, Münzwäschereien und Junkies im ganzen Land. Und ich liebe es.«

Wir kamen zu dem Haus, in dem Krispus wohnte. Es war ein schmuddeliges fünfstöckiges Sandsteingebäude mit zerbröckelndem Treppenaufgang.

Die Eingangstür wurde mit einem alten Telefonbuch offengehalten – ein kläglicher Versuch, ein wenig Wind von der Straße hineinzulocken.

Das Schloß an der Haustür gab es schon lange nicht mehr.

»Sie wohnen im vierten Stock«, sagte Tony.

Also stapften wir hinauf.

»Ich höre keine Musik«, meinte ich, als wir die Treppe erklommen.

»Wie oft muß ich es dir noch sagen! Es ist keine solche Party.«

Dann küßte er mich auf den Hals und stoppte meinen Aufstieg. Theatralisch flüsterte er: »Ist das nicht wie in einem dieser alten Gangsterfilme? Eine große, schöne Frau mit goldenen Haaren steigt die Treppe eines schäbigen Mietshauses in der West Side hinauf. Mit einem dunklen, häßlichen, auffällig gekleideten Killer.«

»Du bist nicht auffällig gekleidet, Tony«, bemerkte ich und ging weiter.

Wir kamen in den vierten Stock. Tony führte mich zu der straßenseitig gelegenen Wohnung,und klopfte an die Tür.

Ich wußte ganz genau, was ich sehen würde, wenn die Tür aufging: einen Kühlschrank. Diese langgestreckten, schlauchartigen Wohnungen betrat man immer von hinten – durch die Küche. Ich konnte mir sogar die Raumaufteilung vorstellen. Vorne würde es zwei große Fenster geben, die zur Straße hinunterblickten, und dann überhaupt keine Fenster mehr, bis man in den hinteren Teil der Wohnung kam. Dann in der Küche nochmals zwei große Fenster, die auf den Innenhof gingen. Neben der Küche würde sich das Badezimmer befinden, mit einem einzigen, winzigen Fenster. Keine Trennwände. Keine Unterteilungen. Ja, ich kannte diese Art Wohnungen. Ich hatte lange genug in ihnen gelebt.

Die Tür öffnete sich. Ich lächelte. Es war wirklich die Küche.

Im Türrahmen stand eine korpulente Frau von etwa sechzig Jahren mit ausladenden Hüften und rot-grauen, krausen Haaren. Ihr Gesicht war voller Sommersprossen. Sie rauchte eine Zigarette in einer Zigarettenspitze. Sie trug eine Art Kimono und an den Füßen Sandalen.

Tony sagte fröhlich: »Sie sind Mrs. Krispus. Adda Krispus.«

»Was wollen Sie?« erwiderte die Frau.

Dann sah ich die Katzen. Sie waren offensichtlich aus Neugier in die Küche spaziert. Mein Herz machte einen kleinen Sprung. Sie waren prachtvoll. Sie sahen aus, als wäre ihre Mutter ein Luchs und ihr Vater ein Schneeleopard gewesen. Und sie waren riesig.

»Also«, murmelte Tony nervös und etwas verlegen, »es ist immer schwer, auf einer Party als erster Gast zu erscheinen.«

»Die Party ist erst morgen abend«, sagte sie.

»Aber heute ist doch der einundzwanzigste.«

»Stimmt. Das heißt, daß morgen der zweiundzwanzigste ist. Wir geben die Party jedes Jahr am zweiundzwanzigsten August.«

»Nein!« rief Tony stur. »Am einundzwanzigsten. Ich war doch schon auf diesen Partys.«

Adda Krispus sah Tony an wie ein schwieriges Kind. Dann packte sie uns freundlich an den Handgelenken und zog uns in die Wohnung.

»Sehen Sie sich um! Ist hier eine Party im Gange?«

Die Wohnung war praktisch unmöbliert und menschenleer. Im vorderen Teil lag ein Mann in einem Bett auf Rädern. Er wirkte sehr alt und sehr krank.

Tony wurde die Situation immer peinlicher. Er wandte sich hilfesuchend an mich. Ich betrachtete weiterhin die silbergetigerten Maine-Coon-Katzen, damit ich sie Bushy genau beschreiben konnte.

»Es tut mir schrecklich leid, daß ich wie ein Idiot hier hereinplatze«, entschuldigte er sich zerknirscht bei Mrs. Krispus.

Dann packte er meine Hand und zog mich zur Tür.

In diesem Augenblick trat ein Mann in einem eleganten weißen Leinenanzug aus dem Badezimmer.

Er starrte zu uns herüber. Sein Gesicht war markant und eindrucksvoll, aber nicht sofort als männlich oder weiblich erkennbar; es hatte eine Art vornehme Androgynität. Seine gefärbten schwarzen Haare waren straff zurückgekämmt. Er mochte vielleicht vierzig Jahre alt sein. Aber andererseits konnte er genausogut siebzig sein.

Ich brauchte volle zehn Sekunden, bevor mir klar wurde, wen ich da so eingehend betrachtete. Der gutaussehende Mann in dem weißen Anzug war mein alter Freund John Cerise.

Wir hatten uns vor Jahren kennengelernt, als ich zum ersten Mal als Catsitterin für eine reiche Dame am Central Park South arbeitete, deren große Leidenschaft den englischen Kurzhaarkatzen galt. Er war damals Preisrichter bei Katzenausstellungen und selbst Katzenzüchter. Seine Liebe zu Katzen und sein Wissen über sie war sprichwörtlich. Wir sprachen kaum jemals öfter als zweimal im Jahr miteinander, aber zwischen uns bestand eine echte Zuneigung, und er hatte eine spezielle Schwäche für meinen verrückten Kater Pancho, der, wie er behauptete, die Reinkarnation eines der Generäle von Napoleon war.

In gewisser Weise war er mein Katzenguru. Und zwischen uns bestand auch diese distanzierte Intimität, die man gegenüber Gurus entwickelt. Ab und zu schrieb ich ihm und stellte ihm alle möglichen Fragen über Katzen – gesundheitliche Fragen, Fragen über ihr Verhalten und sogar philosophische Fragen. Kurz, ich hatte John gegenüber dieselbe Art von vertrauensvoller Beziehung aufgebaut wie früher zu meinen alten Schauspiellehrern. Und vor allem konnte ich John vertrauen. Er hatte mir schon viele Male in gefährlichen Situationen geholfen, ohne dafür eine Gegenleistung zu erwarten.

Ich war so fassungslos, ihn hier zu sehen, daß ich nur sagen konnte: »John. Was tun Sie denn hier?«

»John? Ich heiße nicht John.«

Ich wußte nicht, was ich sagen sollte. Ich drehte mich zu Tony um. Er zuckte die Achseln. Ich wandte mich wieder an John Cerise. Was war denn bloß los mit ihm? Hatte er einen Schlag auf den Kopf bekommen?

»John, ich bin's. Alice Nestleton.«

»Ich heiße nicht John«, wiederholte er.

Tony zog mich am Arm und flüsterte: »Gehen wir.« Er sagte es in einem müden, zynischen Tonfall, als hätten wir uns nun beide blamiert und sollten endlich verschwinden.

Wir gingen zur Tür.

»Warten Sie!« rief Adda Krispus. Wir blieben stehen.

»Schauen Sie!« sagte sie.

Wir schauten. Sie hielt jetzt eine kleine Pistole mit weißem Elfenbeingriff in der Hand.

Sie hob sie hoch, zielte und schoß John Cerise mitten ins Gesicht. Sie feuerte fünfmal. Und dann ließ sie die Waffe auf die Brust des am Boden liegenden Mannes fallen, sah uns mit einem fast liebenswürdigen Lächeln an und fragte: »Sollten Sie nicht die Polizei holen?«

2

Vor gar nicht so langer Zeit hatten Tony und ich eine Szene aus dem alten Theaterstück ›*Polizeirevier 21*‹ gespielt. Wäre ich Bühnenbildnerin bei diesem Stück, würde ich mich voll ins Zeug legen, um das Bühnenbild so schmuddelig wie möglich zu gestalten.

Also, ich kann bezeugen, daß im Hinblick auf Schmuddeligkeit die existierende Polizeistation an der 54th Street / Ecke 8th Avenue die Vorstellungskraft jedes Bühnenbildners übertrifft.

Wir saßen stundenlang auf der einen oder anderen harten Holzbank herum und warteten darauf, von dem für den Mord an John Cerise zuständigen Polizeibeamten vernommen zu werden.

Basillio ergriff immer wieder meine Hand. Immer wieder nahm er meine Finger in die seinen und versuchte mich zu trösten.

Und jedes Mal schüttelte ich ihn ab.

Schließlich steckte ich meine Hand in die Tasche.

»Was glaubst du, wie lange es noch dauert, Schwedenmädel?« fragte er.

Er stellte diese Frage nicht zum ersten Mal. Ich antwortete nur mit einem Kopfschütteln.

In der Polizeistation war es entweder erstickend heiß oder eiskalt, je nachdem, wo wir saßen. Beim Empfangsschalter, wo ein riesiger Ventilator schwirrte, drohte uns die kalte Luft von unseren Stühlen zu blasen. Im hinteren Teil des Raumes hingegen, bei dem uralten Trinkbrunnen, war es feucht und heiß.

Ich trank einen großen Schluck Wasser und ging im Geist zum hundertsten Mal durch, was an jenem Abend geschehen war.

Was *war* bloß geschehen? Wenn ich darüber nachdachte, zogen manche Szenen in Zeitlupe, andere wiederum in rasendem Zeitraffertempo an mir vorbei.

Ich sah mich selbst, wie ich Lippenstift auftrug und überlegte, welche Ohrringe ich nehmen sollte.

Ich sah, wie Tony in meinem Loft stand und die Party, zu der wir gehen wollten, scherzhaft als Wohltätigkeitsveranstaltung bezeichnete.

Dann hatte er irgend etwas darüber gesagt, daß er Pancho mit einer zähen kleinen Katze verkuppeln wollte, die irgendwo in einem Keller lebte.

Tony und ich, wie wir die Stufen der Mietskaserne hinaufstiegen und die langgestreckte Wohnung der Familie Krispus betraten.

Falscher Abend. Die Party ist morgen.

Zwei silbergetigerte Katzen, so groß wie Büffel.

John Cerise, der plötzlich im Zimmer auftaucht.

Nein, sagt er, ich heiße nicht John.

»Schauen Sie!«

Peng!

Nachdem Adda Krispus jene zierliche Pistole auf Johns Kopf gerichtet und seinem Leben ein Ende gemacht hatte, begann sich der ganze Raum zu drehen. Vor meinen Augen wurde es weiß, strahlend weiß, und ich konnte erst wieder normal sehen, als ich hörte, wie mich Tony Basillio anschrie.

»Hol Hilfe, Schwedenmädel! Ruf die Polizei! Schnell!« Er beugte sich neben John, der zu Boden gestürzt war, nieder, und seine Hose war am Knie blutbefleckt.

Ich ging zur Tür, blieb dann aber wie angewurzelt stehen. Ich hatte Angst. Obwohl die Pistole auf Johns Brust lag und nicht in Addas Hand, hatte ich Angst, daß sie mich irgendwie in den Rücken schießen könnte, wenn ich weglief. Ich hatte Angst, daß sie Basillio umbringen würde, während ich die Polizei holte. Angst, daß sie aus dem nächsten Fenster springen würde. Einfach Angst.

Es war, als wüßte die Mörderin, was ich dachte. »Sie brauchen sich nicht zu beeilen«, hatte Adda Krispus gesagt. Ihre Stimme klang leicht verärgert. »Holen Sie sie nur. Sie beide. Gehen Sie nur, raus mit Ihnen.«

Tony und ich wechselten fassungslose, verwirrte

Blicke. Tony erhob sich, und gemeinsam gingen wir rückwärts aus der Wohnung und liefen die Treppe hinunter zum nächsten Telefon.

Danach herrschte nur noch Lärm und Chaos.

Der Rettungswagen mit quietschenden Reifen. Geschockte Nachbarn. Sogar ein Reporter hatte sich her verirrt.

Und jetzt befanden wir uns in der Dekoration von *Die nackte Stadt.*

Mir war völlig egal, wie unschicklich es aussah – ich knöpfte meine Bluse fast bis zum Nabel auf.

Basillio griff erneut nach meiner Hand.

»Miss Alice Nestleton?«

Ein kräftiger Mann mittlerer Größe mit hellem Haar rief meinen Namen.

»Ich bin Stoner.« Er streckte mir die Hand hin.

Ich nahm meine aus der Tasche und schüttelte die seine.

»Und Sie sind Basillio, stimmt's?« Er blickte auf Tony hinab, der noch saß.

»Ja«, antwortete Tony bloß. Und blieb sitzen.

»Schön«, sagte Stoner. »Wir sollten es schaffen, Sie beide bald nach Hause gehen zu lassen. Ich möchte nur noch einmal ein paar Dinge durchgehen, bevor ich den Bericht abschließe.« Dann zögerte er kurz und sah zuerst Tony und dann mich an. »Schauen wir mal ... Miss Nestleton, Sie zuerst?«

In Lieutenant Stoners Büro bestätigte ich – erneut – die Einzelheiten der Ermordung von John Cerise.

Er hörte sich meine Zusammenfassung aufmerksam an, ohne einen Muskel zu bewegen, fast ohne zu atmen. Eine solche Konzentration war selten. Ich mußte daran denken, wie oft ich erlebt hatte, daß Schauspiellehrer ihre Schüler anschrien, protestierten, kreischten: »Ihr hört nicht zu! Ihr hört nicht zu! Ihr müßt lernen, zuzuhören!»

Als ich mit den Fakten zu Ende gekommen war, wechselte er zu einer etwas anderen Art der Befragung über.

»Wie gut kannten Sie das Opfer? Haben Sie ihn häufig gesehen? Haben Sie oft miteinander gesprochen?«

Das »Opfer«. Ich haßte dieses Wort. Ich wollte nicht, daß John »das Opfer« genannt wurde – selbst, wenn er genau das war.

»Ich kenne John Cerise seit vielen Jahren, Lieutenant«, sagte ich. »Ich habe immer wieder mit ihm gesprochen – regelmäßig –, aber nicht unbedingt oft. Gesehen habe ich ihn noch seltener. Einmal, vielleicht zweimal im Jahr. Aber ich betrachtete ihn dennoch als Freund.«

»Können Sie sich irgendeinen Grund vorstellen, warum ihn Adda Krispus umbringen wollte?«

»Nein, nein. Ich kann mir nicht vorstellen, warum irgend jemand John hätte umbringen wollen. Aber ich kenne natürlich Adda Krispus nicht.«

»In dem Bericht hier steht, daß Sie und Mr. ... Mr. ...« Er blätterte die Seiten in der Mappe vor ihm durch.

»Basillio?« half ich ihm weiter.

»Richtig. In dem Bericht steht, daß Sie das Opfer eindeutig erkannt haben und daß Mr. Basillio glaubte, es auch zu erkennen, daß aber Cerise leugnete, Cerise zu sein. Stimmt das?«

»Ja, das stimmt.«

»Sagen Sie mir genau, was er gesagt hat, wenn Sie sich erinnern können.«

»Also, er trat aus dem Badezimmer und blickte uns an. Als ich sah, wer es war, sagte ich so etwas wie ›John, was tust du denn hier?‹, und er antwortete: ›Ich heiße nicht John.‹ Er sagte es zweimal. Einfach nur: ›Ich heiße nicht John.‹«

»Also glauben Sie, daß das Ehepaar Krispus ihn unter einem anderen Namen kannte.«

»Ich habe keine Ahnung.«

»Können Sie sich einen Grund vorstellen, warum er leugnete, John Cerise zu sein?«

»Nein, Lieutenant«, sagte ich entschieden. »Kann ich nicht.«

Ganz langsam hob sich der Nebel der Verwirrung von mir, und an seine Stelle trat der Zorn. Vielleicht habe ich sogar mit dem Fuß an meine Seite des Schreibtisches geklopft.

»Wir sind hier gleich fertig«, sagte Stoner. Er interpretierte mein Verhalten völlig richtig. »Kann ich Ihnen Kaffee bringen?«

»Okay. Ja.«

Ich dachte, er würde aus dem Zimmer gehen, um einen Kaffeeautomaten zu suchen und mich ein paar Minuten mit meinen Gedanken allein lassen. Aber nein. Er brauchte nirgendwohin zu gehen. Auf dem Sims eines mit Brettern vernagelten Fensters stand eine Kaffeemaschine, die zur Hälfte mit einer übel aussehenden Flüssigkeit gefüllt war.

»Zucker?« fragte Lieutenant Stoner.

»Ja, mehrere Stücke.«

Ich sah ihm zu, wie er Schubladen aufzog und nach Zuckerpäckchen und Plastik-Rührstäbchen suchte. Während er sich im Zimmer bewegte, schienen die Schweißflecken unter seinen Achseln zu wachsen. Oder war das eine optische Täuschung?

Er trug ein altmodisches weißes Sommerhemd mit

aufgerollten Ärmeln – vielleicht ein Arrow, die Marke, die der Bankbeamte in der Stadt nahe der Farm, auf der ich aufgewachsen war, bevorzugte. Ja, Arrow-Hemden – wie gut ich mich an ihre bunte Reklame erinnere –, ich fragte mich, ob die Firma wohl noch existierte.

Stoner mußte etwa fünfzig sein, ein Alter, in dem er schon das Recht auf ein kleines Bäuchlein gehabt hätte. Aber er hatte keines.

Ich trank einen Schluck von dem starken Kaffee.

Stoner hielt Wort, es dauerte nur noch fünfzehn Minuten. Er hatte noch eine letzte Frage: »Als Adda Krispus rief ›Schauen Sie!‹ und dann die Waffe auf Ihren Freund John richtete, warum haben Sie und Mr. Basillio da nichts getan?«

»Etwas *getan*?« wiederholte ich. »Hätten wir uns etwa auf sie stürzen sollen?«

»Nicht unbedingt. Warum haben Sie nicht geschrien? Oder versucht, es ihr auszureden?«

»Ich glaube, Sie verstehen nicht, wie schnell das alles ging, Lieutenant. Wir waren – ich war völlig durcheinander. Es war so ... so ... verrückt ... ich dachte sogar, daß das vielleicht ein Scherz wäre. Daß John gleich zu lachen anfangen würde. Daß plötzlich alle anderen Gäste hinter den Vorhängen hervorstürzen und ›Überraschung‹ oder so was Ähnliches rufen würden. Auf so etwas ist man einfach nicht gefaßt.«

»Klar. Ich verstehe. Sie hatten wahrscheinlich noch nie mit dieser Art von Gewalt zu tun.«

»Also, das würde ich nicht sagen – nicht direkt.«

Er wartete, daß ich weiterredete, aber ich beschloß hier und jetzt, das nicht weiter auszuführen. Aus einigen recht unangenehmen Erfahrungen hatte ich gelernt, daß es nicht immer eine gute Idee war, einem Polizeibeamten zu erzählen, daß man selbst ebenfalls im Ermittlungsgeschäft tätig ist.

»Sie sehen ziemlich müde aus«, sagte Lieutenant Stoner besorgt.

»Das stimmt auch nicht ganz. Ich bin erschöpft.«

»Okay. Sie können jetzt gehen.«

Ich erhob mich. Ich muß mich wohl zu schnell bewegt haben, weil sich mein Kopf plötzlich so leicht anfühlte wie eine Seifenblase.

Stoner kam um den Schreibtisch herum und nahm mich am Arm. »Ich kann Sie von jemandem heimbringen lassen. Oder Ihnen ein Taxi besorgen. Es ist schon spät.«

»Danke, aber ich glaube, ich warte auf Tony – Mr. Basillio, meine ich. Sie kennen wohl kein Lokal, wo ich um diese Tageszeit noch etwas zu essen bekommen kann?«

»Aber sicher. Wo sind wir denn hier – in Minnesota? Wir sind in der Stadt, die niemals schläft.«

Ich lachte nicht. Aber ich erklärte ihm auch nicht, daß ich es gar nicht leiden konnte, wenn die Leute Minnesota, meine Heimat, als hinterwäldlerische Gegend darstellen, wo um neun Uhr die Lichter ausgehen.

»Ein Stück weiter die Straße hinauf«, fuhr Stoner fort, »gibt es ein Lokal namens Pal Joey. Die Küche ist gut. Dort könnten Sie etwas essen und auf Ihren Freund warten. Es wird Ihnen gefallen. Sie sind dort sicher.«

»Warum? Essen dort alle Polizisten?«

»Nicht bei dem Gehalt.«

»Oh? Und was sind Sie – ein exzentrischer Millionär, der diese Arbeit nur zum Spaß macht?«

»Nein. Ich bin auch nur ein Lohnsklave. Aber beim Essen spare ich nicht. Ich bin in New Orleans geboren.«

Er sagte das, als würde es alles erklären. Nun, vielleicht war es auch so. Ich hatte noch nie jemanden aus New Orleans getroffen, für den eine gute Mahlzeit nicht wichtiger war als alles andere.

Das Telefon läutete. Der Lieutenant hob ab und hörte etwa eine Minute lang mit derselben Konzentration zu, mit der er mir zugehört hatte. Dann ging er mit mir hinaus zum Empfangsschalter, wo sich Basillio gerade vor dem Ventilator abkühlte.

»Was passiert jetzt?« fragte Tony mißtrauisch.

»Schon okay ...«, fing ich an, doch Stoner begann zur selben Zeit zu reden.

»Schon okay«, echote er. »Es wird nicht lange dauern, Käpt'n«.

Käpt'n? Warum nannte er Tony »Käpt'n»? Tony fragte sich offenbar dasselbe.

»Tony, ein Stück weiter die Straße rauf ist ein Lokal«, sagte ich. »Ein Restaurant namens ...«

»Pal Joey«, sagte der Lieutenant.

»Wie schön«, murmelte Basillio.

»Tony, ich drehe durch, wenn ich nicht etwas zu essen und zu trinken bekomme. Ich dachte, ich warte dort auf dich.«

»In Ordnung. Wir sehen uns dort, sobald der Folterknecht mit mir fertig ist.« Er drehte sich zu Stoner um und grinste.

Der Lieutenant erwiderte seinen Blick, fügte aber dann hinzu: »Eigentlich ist die Sache so gut wie gelaufen. Wie es scheint, hat die Täterin bereits gestanden.«

»Es blieb ihr auch nicht viel anderes übrig«, fauchte Tony. »Wir haben alles gesehen.«

»Stimmt«, sagte Lieutenant Stoner. »Ich glaube, das hat sie sich auch gedacht. Sie sagt, daß sie es getan hat und daß es ihr nicht besonders leid tut.«

»Aber warum?« rief ich.

»Das sagt uns die Dame nicht. Nicht einmal, wenn wir sie ganz nett darum bitten.«

»Sie muß verrückt sein«, meinte Basillio.

»Vielleicht«, antwortete Stoner leise.

Ich sagte nichts.

Ich sah zu, wie die beiden in das Büro gingen und die Tür hinter sich schlossen.

Die Kneipe machte durch das Fenster einen recht einladenden Eindruck.

Ich warf einen raschen Blick auf die handgeschriebene Speisekarte neben der Tür. PAL JOEY BISTRO stand da, in burgunderroter Tinte.

Steak *frites*. Gegrillter Lachs. Zwiebelsuppe. Dies sautiert, jenes mit Ziegenkäse.

Es klang gut.

Zwar war es eine schwüle Sommernacht. Zwar klang der auf der Speisekarte beschriebene Gartensalat wunderbar. Und Fleisch war vielleicht in einer solchen Nacht etwas schwer für den Magen. Aber genau danach verlangte es mich: nach Fleisch, viel Fleisch. Ich war am Verhungern.

Ich ging direkt an die Theke und bestellte Rotwein. Eine Flasche. Schließlich erwartete ich Tony.

Der Barkeeper lächelte und legte eine Speisekarte vor mich hin, als ich fragte, ob die Küche noch geöffnet sei.

Bei der Speisekarte draußen hatte ich nicht besonders auf die Preise geachtet. Jetzt konnte ich sie genau studieren. Unglaubliche 10,95 $ für einen Hamburger mit Pommes frites! Ungeheuerlich.

Aber ich war so hungrig, daß ich auch das Doppelte bezahlt hätte.

Ich sagte dem Barkeeper, ich würde mit einem Tomatensalat anfangen, danach den Zwiebelkuchen mit Ziegenkäse nehmen und dann den Hamburger – englisch gebraten.

Ich sah auf die Uhr. Es war 1 Uhr 49. Irgend jemand hat mir einmal erzählt, daß in Barcelona Abendessen um Mitternacht nichts Ungewöhnliches ist. Obwohl ich so verstört war, mußte ich dennoch innerlich lachen.

Lieutenant Stoner hatte nicht gelogen. Der Zwiebelkuchen war ausgezeichnet. Ich nahm meine Gabel und pickte jeden einzelnen Krümel auf dem Teller auf.

Ich trank stetig vor mich hin und hatte schon fast die halbe Flasche geleert.

Die Pommes frites wurden zuerst serviert. Schnürsenkeldünn. Dampfend heiß. Ich nahm den Duft in mich auf und steckte schon, während ich nach dem Salzstreuer griff, ein paar davon in den Mund.

Und dann kam der Hamburger.

Er sah aus wie ein Brocken Zement von einer Baustelle, der sich auf meinen Teller verirrt hatte. Und er war genauso hart.

Das reichte!

Den ganzen Abend hatte ich meine aufgestaute Wut zurückgehalten, seit dem Augenblick, als Adda Krispus ihre Waffe erhoben hatte. Jetzt konnte ich mich nicht länger beherrschen.

Ich begann auf die unangenehmste Art, die man sich vorstellen kann, zu kreischen.

Als der junge Barkeeper mit dem liebenswürdigen Gesicht eilig zu mir zurückkam, hatte ich mich gerade noch soweit in der Gewalt, daß ich ihn nicht an seinem weißen Hemdkragen packte und schüttelte. »Wie können Sie es wagen, mir so etwas zu servieren?« krächzte ich ihn an.

»Was denn, Madam?«

»Diesen verkohlten Ziegelstein!«

Ich stieß den Teller heftig auf die andere Seite der Theke. »Für so etwas elf Dollar zu verlangen, ist wirklich eine unglaubliche Frechheit!«

Meine Stimme hatte sich zu einem unkontrollierbaren Falsett gesteigert.

Ich wußte, daß ich mich nicht nur über das zu stark gebratene Fleisch aufregte. Ich hatte einiges durchgemacht – viel durchgemacht – mehr, als irgend jemand in einer heißen Sommernacht in New York City durchmachen sollte. Und vor allem war mein Freund John tot. Und ich hatte es mitansehen müssen.

Alle Augen im Lokal waren auf mich gerichtet, aber ich schenkte den anderen Gästen – und für zwei Uhr früh waren es eine ganze Menge – keine Beachtung.

Oh, wie ich weiterschimpfte.

»Ihr seid nicht besser als Diebe, und ich weigere mich, für diesen Mist zu zahlen!« rief ich. »Ich weigere mich absolut! Und sagen Sie dem Geschäftsführer, ich will ihn auf der Stelle sprechen.«

»Das werde ich sofort tun, Madam.«

»Ja«, sagte ich spöttisch, als er wegging. »Tun Sie mir doch diesen kleinen Gefallen. Holen Sie den Geschäftsführer, oder wer immer sonst verantwortlich ist für dieses großkotzige kleine … *Bistro*.«

Ich kippte noch ein Glas Bordeaux hinunter. Ich war zu wütend, um zu weinen.

»Wer zum Teufel veranstaltet denn hier so einen Krach?« ertönte es vom hinteren Teil des Restaurants.

Ich sah, wie der Barkeeper mit einer stämmig wirkenden rothaarigen Frau mit einer Kochschürze sprach und auf mich zeigte.

Sie sah mich lange an und stob dann auf mich zu wie ein erregter Büffel.

»Hören Sie mal, Missy«, schrie die Frau, »wenn Sie sich nicht anständig benehmen können, werfe ich Sie auf der Stelle aus dem ... Oh, mein Gott ... *Alice*?«

Beim Klang meines Namens richtete ich mich auf meinem Plüschhocker kerzengerade auf. Diese Frau kannte mich! Du lieber Gott, was würde denn jetzt noch alles passieren?

»Alice ... du bist es, nicht wahr?«

»Nora? Ich kann es nicht fassen! Nora?«

»Ja!«

Sie stürzte zur Theke, und wir umarmten uns wie alte Freunde, die einander eine Ewigkeit nicht mehr gesehen hatten – und genau das waren wir auch.

Ich saß auf einem hochlehnigen Stuhl in der Küche und versuchte, zu erklären, was an diesem Abend geschehen war, während mir Nora Steak Diane zubereitete. Wie sich herausstellte, war mein Hamburger mit einer anderen Bestellung verwechselt worden.

Nora Karroll, geboren als Nora Jones, hatte ihren Namen in den sechziger Jahren geändert – nicht nur, weil sie dachte, der neue Name würde sich auf der Ankündigungstafel eines Theaters glanzvoller machen, sondern auch, weil sie befürchtete, wenn sie ihren eigenen Namen beibehielte, würde man sie mit Shirley Jones verwechseln, jener Schauspielerin, die all die Rollen in Musicals erhielt, die, wie Nora fand, eigentlich sie hätte bekommen sollen.

Als Tony und ich Nora in den siebziger Jahren beim Theater-Workshop kennenlernten, hatte sich das Broadway-Musical radikal verändert, war eigentlich fast vom

Erdboden verschwunden, und Nora, die gute zehn Jahre älter war als die meisten von uns, wollte jetzt Theaterschauspielerin werden.

Wir waren nie richtig eng befreundet, aber sie war mir gegenüber schrecklich nett und hilfsbereit gewesen. Und mehr als einmal hatte sie uns arme Schauspielschüler zum Abendessen eingeladen. Sie war eine gute Köchin gewesen – schon damals.

Sie hatte seit Jahren nicht mehr als Schauspielerin gearbeitet, sagte sie. Sie und ihr verstorbener Mann hatten fünf Jahre in Europa gelebt, und in dieser Zeit hatte sie bei einem angesehenen Küchenchef gelernt. Als sie nach New York zurückkam, beschloß sie, ihr eigenes Lokal aufzumachen. Gutes Essen – Hausmannskost mit französischem Flair.

»Ich kriege auch nicht mehr so viele Angebote«, sagte ich zu ihr. »Ich mußte mir ebenfalls etwas Neues suchen, um meinen Lebensunterhalt zu verdienen.«

»Im Ernst? Was denn?«

»Ich bin Catsitterin.«

»Was bist du?«

»Ich betreue Katzen. Wenn zum Beispiel jemand eine Woche wegfährt. Ich gehe in die Wohnung, füttere die Katze, spiele mit ihr, reinige das Katzenkistchen, bringe die Katze zum Tierarzt. Vielleicht gieße ich noch die Pflanzen oder warte auf Päckchen, die geliefert werden. Du weißt schon.«

»Alice, du bist noch immer verrückt.«

Es überraschte mich, daß sie das sagte. »Wirklich? Ich habe mich selbst nie für verrückt gehalten.«

»Natürlich nicht. Deshalb bist du ja auch verrückt. Du hast einen Text gelesen und dann die verrücktesten Sachen darüber gesagt, oder über die Figur, die du spielen solltest. Und zwar mit einem absolut ernsten Gesicht. Als wäre es ganz normal. Du hast es geglaubt. Und daher hat auch niemand daran gezweifelt. Und ziemlich bald kam es allen anderen auch ganz normal vor.«

»Wie merkwürdig«, sagte ich. »Ich habe mich immer für absolut normal gehalten – sogar für langweilig. Nun ja, manchmal.«

»Was machst du sonst noch?«

Ich zögerte mit meiner Antwort.

»Was ist los? Tust du etwas, was dir peinlich ist?«

»Also, das wirst du jetzt *wirklich* für seltsam halten, Nora.«

»Laß hören.«

»Manchmal ... wie soll ich es sagen? ... stelle ich für andere Leute Ermittlungen an – so in etwa wie ein Privatdetektiv. Häufig für Leute mit Katzen. Und gelegentlich löse ich Mordfälle.«

»Siehst du, was ich meine, Alice?« Sie nahm meinen Teller und ging mit mir zurück in das Lokal. »Siehst du?«

Ich lieferte Nora eine Kurzfassung meiner Ehe und meiner Scheidung. Sie schilderte mir sehr komisch ihr Jahr in einer Seifenoper im Fernsehen, der einzigen Arbeit als Schauspielerin, die sie Ende der siebziger Jahre finden konnte. Sie beförderten sie aus der Serie hinaus, indem sie ihre Figur, Mrs. Hufnagle, bei einem Brand in einem Schönheitssalon umkommen ließen.

»Damals war ich vollkommen orientierungslos«, sagte Nora verträumt. »Ich wußte nicht, was aus mir werden sollte. Ihr wart alle so jung und talentiert, und ihr habt mich in eure Gruppe aufgenommen. Und die Lehrer waren alle so mitreißend. Siehst du noch Leute von damals?«

»Nein, nicht sehr oft. Ausgenommen Tony natürlich.«

»Welchen Tony? Tony Allen? Du und er, ihr hattet etwas miteinander, nicht wahr?«

»Nein. Basillio.«

»Oh, *dieser* Tony! Meine Güte, es ist eine Ewigkeit her, daß ich ihn gesehen habe. Erinnerst du dich an dieses extreme Bühnenbild, das er für *Lady Windermere* gemacht hat? Er ist verheiratet und hat Kinder, nicht wahr?«

»Das war er.«

»Nn-nn. Und ihr beide –«

»Ja. Mit Unterbrechungen. Stets mit Unterbrechungen. Er hat mir bei einigen meiner Fälle geholfen.«

»Auch heute abend, als dein Freund erschossen wurde?«

»Nein. Eher schon umgekehrt. Ich wäre gar nicht dort gewesen, wenn mich Tony nicht hingeschleppt hätte – es hätte eigentlich eine Art Geldsammlung für diesen lächerlichen Peter Krispus sein sollen.«

In diesem Augenblick ging die Restauranttür auf.

»Also, wenn man vom Teufel spricht!« rief Nora. »Da ist ja unser phantastischer Harvey Keitel!«

Ich war auf der Stelle hellwach. »Was? Wo?«

Es war Basillio.

Nora stürzte mit ausgebreiteten Armen auf ihn zu.

Beide sprudelten aufgeregt: »Ich kann es nicht fassen!« und »Du siehst toll aus!«.

Während ich zusah, wie sie plapperten, kam mir zum ersten Mal seit langem wieder einmal der Gedanke: Mein Gott, in New York ist wirklich alles möglich.

3

Draußen war es bereits hell, als Tony und ich zu Bett gingen.

Ich verbrachte eine schreckliche Nacht. Eigentlich konnte man es kaum als eine »Nacht« bezeichnen. Ich stand ein halbes Dutzendmal auf und legte mich wieder hin. Warf mich im Bett herum. Hatte schlimme Träume.

Tony lag wie ein Knäuel zusammengerollt und schlief wie ein Zombie. Ich fragte mich schon, was für Träume da hinter seinen Augen abliefen.

Um etwa ein Uhr nachmittags stand ich auf und setzte Wasser auf.

Tony erwachte ein paar Minuten später. Er sah total erledigt und zerknittert aus – ungefähr so, wie ich mich fühlte.

»Guten Morgen«, sagte er ironisch und streckte sich.

Ich stellte ihm eine Tasse Kaffee auf den Nachttisch und ging wortlos weg.

»Was – kein Schinken mit Ei?« scherzte er.

»Sind im Mixer«, antwortete ich mit steinerner Miene.

Er fuhr sich mit der Zunge über die Zähne und trank ein paar Schluck Kaffee. Dann schlug er die Decke zurück und schwang seine Beine aus dem Bett.

Sein Anblick, wie er nackt zum Badezimmer ging, nervte mich. Ich drehte mich weg.

Kaum war er drinnen, schrie eine Katze laut auf. Bushy flitzte heraus; er wirkte vollkommen verstört. Das veranlaßte Pancho, ebenfalls mitzumachen. Von seinem Versteck auf dem Kühlschrank aus begann er wie ein Irrer zu heulen.

»Seid still, ihr beiden!« befahl ich. »Ich meine es ernst!«

Ich konnte Tony im Arzneischrank herumkramen

hören; dann die WC-Spülung; fließendes Wasser; Zähneputzen.

Jedes dieser Geräusche schien mir durch Mark und Bein zu gehen. Wie Fingernägel auf einer Schiefertafel. Wie wenn man sich den Ellbogen stößt. Wie der tropfende Wasserhahn mitten in der Nacht.

Tony trottete gemächlich durch die Küche, wo ich saß und Orangen in Stücke teilte. Wieder wandte ich die Augen ab. Ich wußte nicht, warum mir seine Nacktheit so auf die Nerven ging. Es war einfach so.

Er ging wieder zum Bett hinüber und holte seine Tasse. Dann schob er den Vorhang zurück, stand da, trank Kaffee und blickte hinaus in den Tag.

»Sieht aus, als würde es wieder heiß werden, Schwedenmädel«, sagte er.

»Ja – Tony, zieh dir um Himmels willen etwas an!«

Erschreckt drehte er sich um und ließ den Vorhang wieder zurückfallen.

»Was? Oh ... okay.«

Nachdem er sich angezogen hatte, kam er zu mir und hielt mir seine Tasse hin. »Ist die zweite Tasse noch immer gratis?«

»Klar«, sagte ich und begann frischen Kaffee zu bereiten.

Tony ging hinüber zum Kühlschrank. »Ich nehme an, der Schinken und die Eier existieren in Wirklichkeit gar nicht, hm?« fragte er.

»Wenn du sie findest, kannst du sie braten«, sagte ich.

»Nun, macht nichts. Wie ich sehe, wird die Kühlschranktür ohnehin vom Rausschmeißer bewacht.«

Er meinte Pancho, der noch immer da oben saß und jetzt die Zähne fletschte.

»Ja, ich liebe dich auch, Kater«, murmelte er.

Dann setzte er sich neben mich und biß in eins der Orangenstücke.

»Das war aber eine Überraschung, Nora so unvermutet wiederzusehen, nicht wahr?« sagte er grinsend.

»Ja, stimmt.«

»Du wirkst aber nicht allzu glücklich über ...«

»*Entschuldige* bitte, Tony«, unterbrach ich ihn – ich wußte, wie ekelhaft mein Tonfall war. »Unser kleines Wiedersehen mit Nora war sehr, sehr nett. Aber das ist *nicht* das erste, woran ich heute morgen denke. Wir haben gestern erlebt, wie ein Freund von mir in den Kopf geschossen wurde, falls du dich erinnerst.«

Da schien er in sich zusammenzufallen, wie ein Reifen, in den man einen Nagel sticht.

»Klar erinnere ich mich«, sagte er leise. »Tut mir leid. Wie geht es dir damit?«

Er streckte die Hand nach mir aus, war teilnahmsvoll, feinfühlig, einfach menschlich.

Ich wußte, es wäre unsagbar gemein von mir, wenn ich von ihm wegrückte, also tat ich es nicht. Obwohl ich es wollte.

Ich versuchte, auf seine Frage zu antworten. »Mir geht es ... ich glaube, mir geht es ...«

Mein Gott, ich wußte nicht, wie ich diesen Satz beenden sollte. Ich wußte nicht, wie ich beschreiben sollte, wie es mir ›dabei ging‹.

Also schüttelte ich nur den Kopf und erhob mich vom Stuhl. Ich beschäftigte mich damit, noch eine Tasse Instant-Kaffee zu brauen.

Wir aßen zum Frühstück, was wir in den Schränken fanden – Brot, Marmelade, Reis-Frühstücksflocken, die ein Jahr alt waren. Eigentlich aß nur Tony. Mir war nicht nach Essen zumute, nicht mal nach einer Orange.

Bushy hatte sich frech auf den dritten Platz am Tisch gesetzt, zweifellos in der Hoffnung, vielleicht an den Rest Milch in Tonys Schüssel zu kommen.

Wie üblich führte Tony mit dem Kater eine dümmliche, einseitige Unterhaltung, die sich im Wesentlichen darum drehte, wie eingebildet und verwöhnt Bushy war.

Als Bushy schließlich zum Angriff überging und sich auf die Schüssel stürzte, zog sie ihm Tony vor der Nase weg. Und dann tauchte er den Finger in die Milch und bespritzte den armen, frustrierten Bushy damit. Worauf dieser wieder zu seinem ohrenbetäubenden Geschrei ansetzte.

Das brachte das Faß zum Überlaufen.

Ich ging auf Basillio los wie eine in die Enge getriebene Löwin.

Ich kann mich nicht einmal an all die Schimpfworte erinnern, die ich ihm ins Gesicht schleuderte. Aber die Hälfte davon hatte ich nicht mehr in den Mund genommen, seit mir mein erster Freund – wir waren neun Jahre alt – das Fluchen beigebracht hatte.

Mein Zorn war wie ein mächtiger Fluß: archaisch, reißend, unaufhaltsam, furchterregend. All diese Gefühle, die mich überwältigten – ich hatte sie in Säure umgewandelt. Und damit überschüttete ich Tony jetzt. Verätzte ihn. Verunstaltete ihn.

Es fiel mir ganz leicht: Ich begann damit, Tony niederzumachen, weil er Bushy schlecht behandelte, und gab ihm am Ende die Schuld für alles, was gestern passiert war. In meiner momentanen Verfassung war für mich beides ein- und dasselbe geworden.

»Du hältst in bezug auf diesen verdammten Peter Krispus und seinen Beitrag zum *Theater* stur an irgendeiner falschen Nostalgie fest!« schrie ich ihn an. »Er ist einer von den *unseren*, behauptest du. Einer von den unseren! Dabei hast du wahrscheinlich noch keine einzige von seinen blöden Opern gesehen, die nur seiner eigenen Befriedigung dienen!

Und dann kannst du dir nicht einmal das richtige Datum für seine lächerliche Spendenparty merken. Du schleppst mich bei so einem elenden, schwülen Wetter in diese stinkende alte Mietskaserne ... nur, damit ich dort zusehen kann, wie mein Freund John vor meinen Augen zerfetzt wird.

Mein Gott, Mann! Hättest du nicht diese Flasche Wein getrunken, bevor wir gingen ... wenn dein Hirn nicht so ... so ... wenn du nicht so ein pubertärer Angeber wärst ... dann wären wir gar nicht dort gewesen, so ist das!

Ja, vielleicht hätte es gar keinen Mord gegeben, wenn wir nicht dort gewesen wären!

Und jetzt ist John ... ist John tot. Tot, Basillio!«

Tony sah aus, als hätte er mich ebenso gern erwürgt wie ich ihn. Aber er wartete ein paar Sekunden, bevor er sprach.

»Bist du fertig?« fragte er. Seine Stimme klang angespannt und dunkel.

»Nein!«

»Nein, Alice? Nein? Du meinst, du hast noch mehr von diesem Mist auf Lager? Was willst du mir denn noch in die Schuhe schieben – den Mord an Lincoln?«

»Das ist sehr witzig, Tony. Aber du weißt sehr gut, was ich meine. John könnte heute noch am Leben sein, wenn wir gestern nicht hingegangen wären.«

»Das ist das Lächerlichste, was du in deinem ganzen Leben gesagt hast – und das will etwas heißen, meine Liebe!«

»In diesem Augenblick bin ich ganz sicher nicht deine

Liebe, Tony. Nein, nein, nein! Aber ich werde dir erklären, warum ich das gesagt habe, und es ist mir egal, ob du es für Mist hältst.

Ich glaube, daß John noch am Leben sein könnte, weil diese Adda Krispus auf Zeugen gewartet hat, die dabei sein sollten, als sie ihr Vorhaben ausführte. Wären wir nicht dort gewesen, um es zu bezeugen, hätte sie vielleicht nicht geschossen.«

»Das ist nicht nur Mist, Alice, es ist total verrückter Mist! Adda wußte nicht einmal, wer wir sind. Sie hat dich noch nie gesehen.«

»Das tut nichts zur Sache«, erwiderte ich stur. »Ich glaube, sie brauchte jemanden, der zuschaute, wie sie John umbrachte. Und wir waren da und taten ihr den Gefallen. Sie sah die Gelegenheit und ergriff sie.

Und warum waren wir da, Tony? Warum warst *du* da? Warum bist du jedes Jahr da? Um diesem jämmerlichen alten Mann zu helfen, seine Miete zu bezahlen? Nein! Ganz gewiß nicht. Du gehst hin, damit du dich in einem neuen Rudel junger Schauspielerinnen, die noch leicht zu beeindrucken sind, nach Beute umsehen kannst. Mädchen, die jung genug sind, deine Töchter zu sein. Mädchen, die noch naiv genug sind, zu glauben, du bist das Theater in Person. Arbeitslos, aber integer. Mr. Cool. Der Mann, der mit den ganz Großen gearbeitet hat. Der Mann, der einer der ganz Großen *ist*, auch wenn es niemand weiß. Kurz gesagt, Tony, du hast gehofft, jemanden aufzureißen!«

Sein Mund verzerrte sich in einer Art, daß ich ihm am liebsten einen Faustschlag versetzt hätte.

»Darum geht es also bei diesem Unsinn, Schwedenmädel? Um Eifersucht? Du glaubst, ich will dich wegen einer Jüngeren verlassen!«

Ich hatte nicht gedacht, daß ich noch wütender werden könnte, als ich es schon war, aber ich hatte mich geirrt.

Ich kreischte ihn an: »Schmeichle dir nicht, Tony!« Und mein Lachen klang absolut böse. »Aber genausogut könnte man einer Ente sagen, sie solle nicht quaken, nicht wahr? Eifersüchtig? War ich eifersüchtig, als du die Nacht mit Annie Dean verbrachtest, der neuen Sekretärin meiner Agentin?«

Er erbleichte.

»Spar dir die Mühe, dir darauf eine Antwort zu überlegen, Basillio. Strapaziere dein Hirn nicht. Ja, ich habe davon gewußt. Genauso, wie ich weiß, daß du nicht allein schläfst, wenn du bei Sommertheatern arbeitest. Nein. Nach der Vorstellung hältst du in der Kneipe Hof. Und dann, wenn du dir ein paar hinter die Binde gekippt hast, bedienst du dich bei all dem jungen Fleisch, das du in die Finger kriegen kannst. Und dann kommst du zurück in die Stadt – zurück zu mir – und jammerst, daß ich dich nicht liebe ... oder dich nicht genug liebe ... oder dich nicht auf die richtige Art liebe.

Das ist inzwischen schon so abgedroschen. Eine Szene aus einem uralten Stück, Basillio. Und ehrlich gesagt, sie langweilt mich zu Tode.«

Jetzt wurden Tonys Augen schrecklich schwarz.

»Also«, sagte er ganz ruhig. »Die Dame langweilt sich. Nun, das ist ein Kapitalverbrechen im Nestleton-Land, nicht wahr? In jenem fernen Land der Phantasie. In jenem Land, das kein anderer betreten kann, weil es nur in deinem Kopf existiert.

Um Himmels willen! Man darf Alice auf keinen Fall langweilen. Sie wird alles dafür tun, um sich nur nicht zu langweilen. Sogar ein ganz irrsinniges Szenario erfinden, um den tragischen Tod ihres Freundes zu erklären. Ja, alles nur Erdenkliche, um Lady Nestleton zu unterhalten!«

»Unterhalten! Glaubst du, Johns Tod ist für mich Unterhaltung? Weißt du, wie furchtbar du mich beleidigt hast, Basillio?«

»Ja«, sagte er nur.

Plötzlich stand er. Und blickte auf mich hinunter.

In meiner Brust war ein eisiger Klumpen.

»Ich bin schon weg, Alice.«

»Was heißt das – weg?«

»Weg heißt ... weg. Weg von hier, weg aus deiner alten Wohnung ... weg aus deinem Leben. Und du bist weg aus meinem, Lady. Es ist aus.«

»Tony!« rief ich drohend.

»Ich schicke dir die Schlüssel per Post, sobald ich eine neue Wohnung habe«, sagte er.

Und er war aus der Tür.

Tony hatte ein weißes Unterhemd zurückgelassen. Ich holte es vom Fußende des Bettes und warf es in den Müll.

Ich trank genug Espresso, um damit ein kleines Flugzeug anzutreiben. Es nützte nichts. Mein Körper war schwer. Mein Hirn ebenfalls.

Ich schob die Analyse des Streits so lange wie möglich auf. Ich versuchte mir selbst zu sagen, daß es aus und vorbei war. Ich war erwachsen, und ich hatte auch früher schon mit Männern Schluß gemacht.

Und dann kamen die Vorwürfe und Selbstvorwürfe. Und mein Zorn flammte erneut auf.

Ich konnte dieses Karussell der Gefühle nicht anhalten: Ich war verzweifelt. Es tat mir leid. Ich war wütend. Es tat mir leid. Ich war im Recht. Ich war beleidigt. Es tat mir leid. Ich war schuldbewußt. Es tat mir leid. Ich war allein. Ich war trotzig. Es tat mir leid.

Die Katzen sprangen auf meinen Schoß und wieder hinunter. Im Radio erklangen und verklangen die Lieder. Die nachmittäglichen Schatten wurden länger.

Schließlich stand ich auf und holte Tonys Hemd aus dem Müll. Und saß da, hielt es auf meinem Schoß und weinte.

4

Am Abend fütterte ich die Katzen früher als sonst. Sobald sie sahen, daß ich im Schrank herumkramte, kamen sie zu mir. Ich achtete nicht besonders darauf, was für eine Dose ich öffnete. Gut möglich, daß ich ihnen den dritten Tag hintereinander Katzenfutter mit Lachs gab. Aber sie beschwerten sich nicht. Ich unterhielt mich auch nicht wie üblich mit ihnen, worauf sie sich stets zu freuen schienen.

Dann zog ich mir eine braune italienische Leinenhose, ein T-Shirt und Sandalen an.

Eigentlich wußte ich gar nicht, wohin ich wollte, aber ich mußte einfach raus aus dem Haus.

Es gab wirklich keinen Grund zum Feiern. Aber zumindest war Cocktail-Zeit.

Ich lief die Hudson Street hinauf, bis sie in die 8th Avenue überging. Erst als ich die 23rd Street überquerte, wußte ich auf einmal, wohin ich wollte.

Ich mußte mit Nora sprechen.

Ich ging weiter Richtung Norden.

Das Geschäft lief gut. An der Theke drängten sich die Gäste.

Der junge Mann, den ich das letzte Mal niedergemacht hatte, nickte mir zur Begrüßung vorsichtig zu.

Nora saß allein an einem Tisch im vorderen Teil des

Restaurants und addierte mit Hilfe eines Taschenrechners Rechnungen.

»Hallo, Alice, na so etwas. Sieht aus, als könntest du hier Stammgast werden. Das freut mich sehr.«

»Freu dich nicht zu früh«, warnte ich sie. »Ich bin hier, um mich an deiner Schulter ein wenig auszuweinen.«

»Das ist schon okay. Das gehört zu diesem Geschäft. Was ist passiert?«

»Ich habe gerade mit Tony Schluß gemacht. Wieder einmal. Ich meine, endgültig ... glaube ich.«

»Was hat er diesmal getan?«

»Das ist schwer zu erklären. Außerdem weiß ich nicht, ob es wirklich allein *seine* Schuld war. Wir haben darüber geredet, was bei Krispus vorgefallen ist, und ich sagte ein paar Dinge, und er sagte ein paar Dinge, und auf einmal schrien wir uns an, und er ging.«

»Er wird zurückkommen.«

»Ich weiß nicht. Diesmal weiß ich es nicht. Jedenfalls macht mich Johns Tod ebenso verrückt wie der Streit mit Tony. Ich habe einfach noch nicht akzeptiert, daß er tot ist – zumindest nicht, daß er auf diese Art gestorben ist. Es war alles so idiotisch.«

Nora gab dem jungen Barkeeper ein Zeichen, der sofort reagierte und im nächsten Augenblick an unserem Tisch stand.

»Was willst du trinken, Alice?« fragte sie.

»Nichts besonderes. Ich weiß nicht. Egal.«

»Oh, du bist deprimiert, nicht wahr, Schätzchen?« sagte sie teilnahmsvoll. »Gregg, mach meiner Freundin Alice einen guten Negroni.«

Beim zweiten Negroni wurde ich ruhiger. Ich hatte diesen Cocktail noch nie getrunken oder auch nur davon gehört, aber wie sich herausstellte, bestand er aus

Campari mit Gin und süßem Vermouth. Er schmeckte wirklich köstlich.

Inzwischen hatte ich Nora erzählt, wie ich John Cerise kennengelernt hatte, und ihr erklärt, wie einzigartig unsere Freundschaft war – »fast wie eine Brieffreundschaft«, beschrieb ich es. »Ich habe ihn fast nie persönlich gesehen. Aber er war ein so reizender Mensch. Ich kann einfach nicht glauben, daß er mit Leuten – irgendwelchen Leuten – zu tun hatte, die ihn unter einem falschen Namen kannten. Es klingt alles so nach Heimlichtuerei, nach dunklen Geschäften. Und das paßt überhaupt nicht zu John. Er hat sich nie auch nur einen Augenblick benommen wie ein Mensch, der etwas zu verbergen hat. Nicht, daß ich viel über ihn weiß. Ich kann nicht einmal seine Angehörigen anrufen, um ihnen zu sagen, wie leid es mir tut. Ich weiß gar nicht, ob er überhaupt Angehörige hatte. Es ist so frustrierend.«

»Nun, er ist jetzt tot, Liebes. Diese verrückte Frau sagt nicht, warum sie ihn erschossen hat. Und du kannst nichts tun, um sie zu einer Erklärung zu zwingen. Vielleicht wirst du die wahre Geschichte nie erfahren.«

»Ich weiß, ich weiß. Das macht mich ja so ... so ... wütend.«

»Und neugierig?«

»Ja, das auch.«

»Was wirst du unternehmen, Alice?« fragte sie, plötzlich mißtrauisch.

»Wieso glaubst du, daß ich etwas unternehmen werde?«

Sie ignorierte meine Frage. »Oh, du hast irgend etwas vor. Das sehe ich.«

»Vielleicht. Aber was? Ich weiß nicht, wo ich anfangen soll.«

»Ach, komm schon. Schlüpf einfach in die Rolle der

Privatdetektivin. Stürz dich rein. Was würde Sam Spade jetzt tun?«

Ich zuckte die Achseln. Ich wurde schon wieder ganz deprimiert. »Noch ein Glas trinken?« fragte ich leichthin.

Nora lachte. »Willst du heute abend hier mit mir essen? Ich erwarte einen Freund. Es wird Spaß machen.«

»Du bist so nett, Nora. Ich weiß nicht, ob ich im Augenblick etwas essen kann.«

»Nicht jetzt. Später. Wenn du mit den Nachforschungen angefangen hast.«

Ich sah sie lange an.

»Ja«, sagte ich schließlich. »Ich glaube, ich werde irgendeine Art Nachforschung anstellen. Es macht mich verrückt, daß ich nicht weiß, warum John gestorben ist.«

»Gut. Ein harter Arbeitstag als Ermittlerin sollte dich in die richtige Stimmung für die Spezialität von heute abend bringen.«

»Und die ist ...?«

»Cassoulet.«

»Ich habe schon davon gehört, es aber noch nie gegessen.«

»Oh, Mann, dann steht dir ein Erlebnis bevor. Es ist schrecklich, mit Wurst und Entenfett und allem, was schlecht fürs Herz ist – und es sind Unmengen Bohnen drin – wenn du weißt, was ich meine.«

»Okay, Nora. Ich würde sehr gerne mit dir essen.«

»Du kannst von hier aus zu Fuß hingehen, nicht wahr?«

»Wohin?« fragte ich verständnislos.

»Zur Krispus-Wohnung«, sagte sie. »Dem Schauplatz des Verbrechens, wie es im Fernsehen so schön heißt.«

Natürlich. Ich war so traurig und verwirrt, daß alle meine Sinne abgestumpft waren. Meine Instinkte schienen mich verlassen zu haben.

Natürlich! Ich mußte zu dieser verdammten Mietskasernenwohnung zurückgehen.

Einen Augenblick war es mir furchtbar peinlich, daß Nora die Regie für meine Handlungen übernommen hatte. Aber bat ich sie denn nicht genau um diese Art Hilfe?

Vielleicht würde ich dort gar nichts finden. Doch da Adda Krispus hinter Gittern saß, war zumindest ein weiterer Mord unwahrscheinlich.

»Nimm kein Falschgeld, Sam«, rief mir Nora nach, als ich meine Handtasche ergriff und zur Eingangstür ging.

Als ich Peter Krispus zum letzten Mal gesehen hatte, lag er ganz still auf seinem hohen Bett, atmete flach und hatte anscheinend nicht einmal mitbekommen, daß in seinem Wohnzimmer soeben jemand erschossen worden war.

Also wußte ich nicht, was mich erwarten würde, als sich die Tür zu der trostlosen schlauchartigen Wohnung der Familie Krispus öffnete.

Ganz gewiß erwartete ich nicht die gepflegte brünette Frau in einem maßgeschneiderten, blaßblauen Kostüm – zweifellos in einem Second-Hand-Laden günstig erstanden –, die vor mir stand und mich mit ihren blauen Augen ruhig ansah.

»Hallo«, sagte ich zaghaft. »Das hier ist die Wohnung von Peter Krispus, nicht wahr?«

»Ja.«

Schweigend wartete sie, daß ich weiterredete.

»Hallo. Mein Name ist Alice Nestleton. Ich war – ich war leider an dem Abend hier, als Ihre – das heißt, als

Mrs. Krispus – wegen des Mordes an John Cerise verhaftet wurde.«

Sie starrte mich weiterhin an. So lange, daß ich schon dachte, sie sei vielleicht blind.

In diesem Augenblick wünschte ich mir sehr, daß Tony neben mir stünde.

»Oh«, sagte sie schließlich.

Mehr nicht. Nur »Oh».

»War Mrs. Krispus – ich meine, *ist* Mrs. Krispus – Ihre Mutter?«

»Nein. Adda ist meine Schwiegermutter. Oder war es. Wahrscheinlich hatten Sie recht, in der Vergangenheit zu sprechen.«

Aus dem Inneren der Wohnung hörte ich Stimmen. Die junge Frau war eine Spur kleiner als ich. Ich versuchte, an ihrer Schulter vorbei in die Wohnung hineinzusehen.

»Ich will nicht stören, Mrs. Krispus«, sagte ich, »aber könnte ich vielleicht eine Minute reinkommen?«

Bevor sie antworten konnte, rief eine Männerstimme: »Jane, wer ist das?«

Ihre Augen ließen die meinen nicht los. Sie antwortete nicht auf die Frage.

»Bitte ...« sagte sie, hielt die Tür weiter auf und ließ mich eintreten. »Es tut mir sehr leid. Ich habe Ihren Namen nicht gleich erkannt.«

In dem Raum, in dem John gestorben war, standen zwei Männer mittleren Alters, beide mit Highball-Gläsern in der Hand. Einer war ziemlich groß, grobknochig und hatte sandfarbenes Haar; er hatte eine Leinenhose und ein blusenartiges, kurzärmeliges Hemd an. Der andere Mann, eine sanftere, kleinere und etwas ältere Version von ihm, trug einen schwarzen Anzug, der aus einem feinen Stoff und ganz schlicht geschnitten war, aber seine beste Zeit längst hinter sich hatte.

»Das ist Alice Nestleton«, stellte mich die Frau den beiden Männern vor. Sie musterten mich, als ich auf sie zutrat. »Miss Nestleton, das ist mein Mann Hume.«

Der Langgliedrige bedachte mein Gesicht mit demselben gelassenen Blick. Er nickte mir zu.

»Und das«, sagte Jane Krispus, »ist mein Schwager Merlin.«

Der kleinere Mann schüttelte mir die Hand und murmelte: »Sehr erfreut.«

Ich sprach sie als Gruppe an. »Erstens möchte ich Ihnen sagen, wie leid es mir tut, daß das alles passiert ist. Und daß es mir leid tut, wenn ich Sie störe. Ich weiß, daß dies keine gute Zeit für Sie sein kann. Aber ich war gestern abend hier-«

»Ja, ich weiß«, unterbrach mich Merlin Krispus. »Die Polizei hat uns alles gesagt. Und wir wollen Ihnen unsere Anteilnahme am Verlust Ihres Freundes ausdrükken.«

»Danke. Ich komme gleich zum Grund meines Hierseins. Ich habe gehofft, Sie können mir vielleicht mehr über John erzählen – mir vielleicht helfen, seine Familie ausfindig zu machen.«

Drei ausdruckslose, verständnislose Augenpaare waren auf mich gerichtet. Genau in diesem Augenblick merkte ich, daß die Katzen nirgendwo zu sehen waren. Wo waren sie? fragte ich mich.

»Ich verstehe nicht«, sagte Merlin langsam. »Waren Sie denn nicht mit ihm befreundet?«

»Ja«, sagte ich. »Aber ich wußte nur wenig über seine Vergangenheit, oder woher er kam. Ich dachte, da er ein Freund Ihrer Familie war, könnten Sie es mir sagen.«

»Unserer Familie? Nein.« Das war Hume. »Vermutlich war er einer der vielen Bekannten meines Vaters. Aber keiner von uns anderen hat Mr. Cerise je kennengelernt.«

»Wirklich?« sagte ich. »Ich hatte den Eindruck, daß Ihre Eltern ihn ziemlich gut kannten, aber vielleicht unter irgendeinem anderen Namen als John Cerise. Ich nahm an, daß Sie ihn ebenfalls kannten.«

»Überhaupt nicht«, sagte Jane. »Übrigens, darf ich Ihnen einen Drink anbieten?«

»Nein, danke.«

Also, das war eine Enttäuschung.

Dann sah ich mich in dem schäbigen Zimmer um, und vor meinem geistigen Auge tauchten willkürliche Szenen aus der Mordnacht auf und verschwanden wieder.

Ich schüttelte diese Gedanken ab, so gut ich konnte.

»Ihr Vater wird mir wohl nicht helfen können?« fragte ich.

»Sehr unwahrscheinlich«, antwortete Hume grimmig.

»Nein. Ganz und gar unwahrscheinlich«, sagte Merlin und schenkte sich aus der langhalsigen J&B-Flasche nach, die einsam auf dem Kaminsims stand. »Vater weiß die meiste Zeit nicht einmal genau, wo er ist. Offen gesagt, Miss Nestleton, steht es nicht sehr gut mit meinem Vater. Er ist sehr gebrechlich, und wir wissen nicht, wie lange er noch zu leben hat.«

»Ich verstehe.«

Den alten Mr. Krispus sah ich nicht. Ich blickte in den Gang Richtung Straßenzimmer. Das kalte Eisenbett auf den großen Gummirädern wäre kaum zu übersehen gewesen.

»Ah!«

Jetzt war eine neue Stimme im Zimmer. Die einzige

Stimme, die ich je in diesem Haus gehört hatte, in der ein Hauch Lebendigkeit oder Fröhlichkeit mitschwang.

Ein kleiner, leicht gebückter Mann musterte mich mit unverhohlenem sexuellen Interesse. Sein graumeliertes Haar war fettig und vom Wind zerzaust. Er trug ein dünngewebtes indisches Hemd und eine schmutzige graue Hose.

»Ah!« wiederholte er. »Und wer ist dieser bezaubernde Gast?«

Hume Krispus warf dem alten Herrn einen angewiderten Blick zu. Dann wandte er sich ab und zündete sich eine Zigarette an.

Ich konnte es ihm nicht verdenken. Der alte Mann sah ein wenig aus wie Barrymore als Magier geschminkt.

»Miss Nestleton, das ist Luther Kaminecki«, sagte Jane. »Luther ist Peters langjähriger Kollege – und sein Biograph.«

Mr. Kaminecki nahm meine Hand in beide Hände und drehte sie mit der Innenfläche nach oben, als wolle er sie genau studieren. »Ich bin entzückt, Miss Nestleton. Ich bin entzückt. Schauspielerin, ja?«

Das verblüffte mich. »Ja, stimmt.«

»Selbstverständlich.« Er wirkte überaus selbstzufrieden.

»Miss Nestleton war eine Freundin von John Cerise«, erklärte Jane. »Sie dachte, daß wir ihn vielleicht gekannt hätten.«

»Eine Freundin von John ...?« fragte er.

»Cerise«, sagte Hume forsch, wobei er den Namen sorgfältig aussprach. »Mutter hat ihn umgebracht, Luther – erinnerst du dich?«

Langsam entzog ich meine Hand Luthers Griff.

Bruder Merlin lächelte Mr. Kaminecki ein wenig nachsichtig, ein wenig falsch an. »Wie geht es Vater, Luther?«

»Er ist fast eingeschlafen«, sagte der Alte sanft.

Stille senkte sich über den Raum.

»Also, ich glaube, ich sollte jetzt wohl gehen«, verkündete ich. »Aber wäre es möglich, vorher – ich meine, könnte ich nur ganz kurz bei Ihrem Vater reinschauen – um ihm meine Aufwartung zu machen?«

Alle wechselten Blicke miteinander, allesamt unergründlich.

Nach geraumer Zeit meinte Merlin: »Natürlich. Das ist sehr aufmerksam von Ihnen. Kommen Sie mit.«

Ich folgte ihm durch den schmalen Gang.

Wir kamen in ein muffiges Zimmer, das vom Boden bis zur Decke mit Plakaten, eingerahmten Zeitungsartikeln, Bleistift- und Tuschzeichnungen, Notenblättern und dergleichen vollgeklebt war.

Eine entsetzlich dünne Krankenschwester von etwa sechzig Jahren räumte gerade auf einem klobigen, ramponierten Schreibtisch Papiere auf. Sie sprach nicht mit uns.

Da lag Peter Krispus auf seinem Totenbett. Ganz still. Atmete ein und aus. Vollkommen abgehoben. Das Bett hatte man umgestellt, so daß es vom Gang aus nicht mehr zu sehen war.

Und am Fußende des Bettes saßen wie zwei Palastwachen die riesigen Maine-Coon-Katzen. Ihre Blicke folgten jeder unserer Bewegungen.

Merlin ging ganz nahe zu seinem Vater hin. »Ich fürchte, er schläft jetzt«, sagte er.

»Ja«, antwortete ich. »Das kann ich sehen.«

Die beiden silbernen Tiere ließen mich nicht aus den Augen, als solle ich es ja nicht wagen, näherzukommen.

Ich konnte die Einzelheiten des Durcheinanders von Bildern und Andenken an den Wänden nicht erkennen.

Schade. Sie hätten mir vielleicht mehr über Peter Krispus – und vielleicht auch über John Cerise – verraten als die Leute in dieser Wohnung.

Wer waren bloß all diese Menschen, die wie Figuren aus einem zweitklassigen Roman von Daphne DuMaurier wirkten? Schäbig, aber mit gepflegter Sprechweise, redegewandt, gebildet. Arm, aber kultiviert.

Und alle von ihnen verbargen etwas. Alle von ihnen logen.

Also, warum glaubte ich das?

Ich konnte es nicht genau sagen, aber irgend etwas an ihrem Verhalten ließ mich vermuten, daß jeder einzelne von ihnen ganz genau wußte, wer John Cerise war.

Als ich die Wohnung verließ und die Treppe hinunterlief, nahm ich zwei Stufen auf einmal.

Wieder auf der Straße, ging es mir gleich viel besser. Die Wohnung war mit dem abendlichen Mief immer erstickender geworden.

Vielleicht war nur diese nervtötende Schwüle daran schuld, daß ich so argwöhnisch gegenüber dem Krispus-Clan war.

Je älter ich wurde, desto brutaler schienen die New Yorker Sommer zu werden. Der Liebhaber meiner Nichte hatte mir bereits eine schöne Wohnung zur Verfügung gestellt. Vielleicht würde er mir eines Tages auch ein Sommerhaus schenken.

Träum weiter, Mädchen.

Ich freute mich auf die Klimaanlage in Noras Bistro. Vor mir lag wieder ein Abend mit schwerem Essen.

5

Was sie jetzt alles im Namen des Fortschritts machen! Manchmal könnte ich Gift und Galle spucken.

Jeder Idiot, der irgend etwas zu verkaufen hat, kann einen heutzutage jederzeit, Tag und Nacht, zu Hause anrufen und versuchen, einem übers Telefon etwas anzudrehen.

Als Mensch mit einem ungewöhnlichen Tagesrhythmus bin ich den Großteil des Tages in meinem Loft. Es vergeht kaum ein Tag, an dem ich nicht so einen verdammten Anruf erhalte – würden Sie nicht gerne die *Times* zugestellt bekommen, Miss Nestleton? Wollen Sie keine Junk bonds kaufen? Wie wär's mit einer Schönheitsoperation? New-Age-Glühbirnen? Einer Eigentumswohnung in Djakarta?

Das Telefon läutete um etwa zehn Uhr morgens, ein paar Tage nach meiner Begegnung mit dem Krispus-Clan. Sobald ich »Hallo« gesagt hatte, begann die Stimme am anderen Ende, eine Frauenstimme, ohne Punkt und Komma zu reden. Wenn sie einem keine Chance geben, irgend etwas zu sagen, ist das ein klarer Hinweis, daß es sich um einen dieser gräßlichen Anrufe handelt.

Diesmal ging es offenbar um einen Wohltätigkeitsverein – sie sagte irgend etwas von einem Heim für verwilderte Katzen. Woher die wohl meine Nummer hatten?

Ich wollte gerade auflegen, als sie den Ausdruck »streunende Katzen« verwendete.

Da hörte ich etwas genauer zu.

Die Dame am anderen Ende, eine Miss Glenda Fuchs, war Präsidentin eines Vereins namens USK – Unsere streunenden Katzen. Ob ich dieser verdienstvollen Organisation, die sich der Rettung herrenloser Katzen verschrieben hatte, die im USK-Heim auf Long Island gefüttert und sterilisiert wurden, wohl eine Spende zukommen lassen würde?

Ich schrieb mir die Adresse auf und sagte, ich würde einen Scheck schicken.

»Oh, vielen Dank, Miss Nestleton«, sagte sie. »Jeder Penny hilft. Aber eigentlich wollte ich noch über etwas anderes mit Ihnen reden. Das ist der wahre Grund meines Anrufs.«

Der *wahre* Grund. Das gefiel mir gar nicht. Was kam jetzt? Sollte ich etwa auch noch meine Zeit opfern? Oder diesen Leuten meine Ersparnisse aushändigen? Oder einen Sari anziehen und auf Flughäfen um Geld betteln?

»Was noch?« fragte ich vorsichtig.

»Eigentlich ist es noch eine Bitte um eine kleine Spende. Ich versuche, Geld für das Begräbnis von John Cerise aufzutreiben.«

Der Klang seines Namens schreckte mich auf. »Was haben Sie gesagt?« fragte ich fassungslos.

»John Cerise«, wiederholte sie langsam und deutlich. Dann fügte sie hinzu: »Ach Gott ... Sie *wußten* doch, daß er gestorben ist?«

»Ja, sicher. Aber wie ... ich meine, war John ein Freund von Ihnen?«

»Eigentlich ein Kollege. Er hat bei USK mitgearbeitet. Er war Vorstandsmitglied. Aber er war so ein netter Mensch, daß man ihn eher als Freund als bloß als Mitarbeiter betrachtete. Ich war so traurig, als ich hörte, daß er tot ist. Und auf so furchtbare Art umgekommen – ermordet!

Wissen Sie, es hat sich kein Hinterbliebener gemeldet. Und ich kann einfach nicht zulassen, daß sie ihn ins Armengrab legen. Wenn seine Leiche freigegeben wird, möchte ich, daß er einen ordentlichen Gottesdienst bekommt – und vielleicht einen schönen Grabstein für ihn bestellen ... Oder sollte man ihn lieber verbrennen lassen? Ich weiß es nicht. Ich dachte, vielleicht haben Sie eine Ahnung, was er gewollt hätte.

Er hat gelegentlich Ihren Namen erwähnt, er hat recht liebevoll von Ihnen gesprochen. Und Sie standen auf seiner Adressenliste für unsere nächste Spendenaktion.«

»Ich verstehe«, sagte ich ernst. »Nun, was Johns Begräbnis anlangt, können Sie mit meiner Hilfe rechnen.«

Es wurde ein paar Sekunden still in der Leitung. Ich fragte mich, ob Miss Fuchs – wie mir – bei dem Gedanken an Johns sinnlosen Tod, an den Verlust, plötzlich die Stimme den Dienst versagt hatte.

»Darf ich Sie fragen«, fuhr ich dann fort, »ob Sie mit seinen Nachbarn gesprochen haben? Vielleicht wissen die etwas über seine Familie.«

»Seine Nachbarn?«

»Ja, draußen in New Jersey. Er hatte dort ein Haus.«

»Ach, das. Nein. Er hat das Haus schon vor einiger Zeit verkauft. Er wohnte schon fast ein Jahr in Manhattan. Zur Untermiete, in einer Wohnung in der Upper West Side.«

Das war eine Überraschung. Ich stellte mir John noch immer vor, wie er in seinem riesigen Haus herumwanderte und wie ihm seine Katzen von einem Zimmer ins andere folgten.

Als ich das Miss Fuchs erzählte, seufzte sie. »Ja, das kann ich mir gut vorstellen«, meinte sie. »Aber John liebte seine Katzen so sehr, daß er nach dem Tod seiner letzten alten Katze sagte, er wolle sich eine Zeitlang keine neuen mehr anschaffen. Ich glaube, in der Wohnung hatte er überhaupt keine Tiere.«

»Wo war die Wohnung?« fragte ich.

»Warten Sie mal«, sagte sie nachdenklich. »West End Avenue, glaube ich. In der Nähe der neunziger Straßen. Vielleicht an der fünfundneunzigsten? Nein, in der Nähe der zweiundneunzigsten, denke ich. Ich glaube, ich habe ihn dort einmal mit dem Taxi abgesetzt.«

Wir unterhielten uns noch ein paar Minuten, dann sagte Miss Fuchs, sie müsse jetzt mit ihren Anrufen weitermachen.

Ich dankte ihr, daß sie sich mit mir in Verbindung gesetzt hatte, und versicherte ihr, daß ich alles tun würde, um ihr zu helfen. Bei beiden Anliegen.

Etwa zu diesem Zeitpunkt sprang Bushy auf den Küchentisch. Der Kater ist zwar ein Egoist, dabei aber eines der einfühlsamsten Geschöpfe, die ich je gekannt habe – intuitiv. Er war besorgt um mich; er sah mir in die Augen und miaute ein paarmal teilnahmsvoll. Als er seine Nase in meine Kaffeetasse stecken wollte, schimpfte ich halbherzig, hob ihn von der Tischfläche und setzte ihn auf den Stuhl neben mir.

Das Leben geht weiter, wie es so schön heißt. Ich nahm meine Handtasche und suchte nach meinem Scheckheft. Ich wollte diesem Katzenrettungsprogramm, USK, wirklich helfen.

Doch als ich den Scheck ausgestellt hatte, fand ich, daß ich wohl ein wenig übertrieben großzügig war. Es war – in finanzieller Hinsicht – nicht der richtige Zeitpunkt für eine große Geste: Tony Basillio zog aus meiner alten Wohnung in der 26th Street aus. Das bedeutete, daß ich wieder für die Miete aufkommen mußte, bis ich einen anderen Untermieter fand.

Ich hatte schon fast vergessen, wie es ist, dem Vermieter jeden Monat einen Scheck auszustellen. Für den Loft brauchte ich keine Miete zu bezahlen. Felix Drinnan –

für mich fast so etwas wie ein Schwiegersohn, da er mit meiner Nichte Alison so gut wie verheiratet war – hatte mir großzügigerweise in dem Haus, das er besaß, eine Wohnung zur Verfügung gestellt. Genauer gesagt, in einem der drei Häuser, die er besaß. Soviel ich wußte, waren die anderen weitaus profitablere Geldanlagen.

Inzwischen hatte ich angefangen, mich immer mehr auf Felix' und Alisons Hilfe zu verlassen. Nicht nur in bezug auf die Wohnung. Sie waren mir auch bei einigen meiner Fälle eine unschätzbare Hilfe gewesen. Außerdem hatte ich sie beide wirklich gern. Und im Augenblick fehlten mir beide.

Alison machte gerade eine steile Karriere als Model. Sie war nach Japan gejettet, um dort an einer Modeschau teilzunehmen, und Felix hatte sie begleitet. Ich lächelte, als ich daran dachte, welche Lastwagenladungen Antiquitäten und alle möglichen anderen Dinge, die er sammelte, er am Ende dieser Reise gewiß mitbringen würde.

Ich zerriß den Scheck und stellte einen anderen auf eine wesentlich geringere Summe aus.

Wie es schien, hatte ich vieles vergessen. Zum Beispiel, wie es war, einen Job zu haben. Ich hatte die ganze Zeit mein Geld für Sachen für den Loft ausgegeben; für kleine Geschenke für Alison und Felix; für all diese Kleinigkeiten, die einem überall im Village unaufhörlich und stets verlockend entgegenlachen – von Importbier über Erstausgaben zu exquisiten Second-Hand-Kleidern.

Mit all dem würde jetzt Schluß sein müssen, nicht wahr? Ich würde mich ernsthaft nach Arbeit umsehen müssen. Ich schwor mir, noch an diesem Tag mit meiner Agentin zu sprechen und alle meine Klienten als Catsitterin anzurufen, ganz systematisch, von Abelson bis Zwick.

Okay, Alison und Felix waren nicht die einzigen, die mir fehlten.

Während der vergangenen zwei Tage hatte ich oft an Tony gedacht. Aber ich hatte nicht versucht, ihn zu erreichen. Und er hatte mich auch nicht angerufen. Ich gestattete mir nicht, allzu viel nachzudenken über Fragen wie: Würde ich ihn je wiedersehen? Würden wir uns versöhnen? Wie würde das Leben ohne ihn sein? Wessen Schuld war es überhaupt?

Ich machte mir Mittagessen – Thunfisch. Die Katzen baten mich, ihn mit ihnen zu teilen. Ich sagte, nein, tut mir leid. Ich hatte nur eine Dose.

Ich trank Limonade und genehmigte mir gerade ein paar hausgemachte Schokolade-Ingwerkekse, die sie in dem Schicki-Micki-Delikatessenladen neben dem Postamt auf der Hudson Street verkaufen, als erneut das Telefon läutete.

Ich hob sofort ab.

»Hallo, hallo! Spricht dort Al-iiice? Al-iiice Nestleton?« fragte die Stimme am anderen Ende mit starkem Akzent.

»Ja, hier ist Alice Nestleton.«

»Wir haben einen Job für brillante Schauspielerin wie Sie.«

»Was haben Sie gesagt? Was für einen Job?«

»Sie machen Tournee durch Volksrepublik mit Avantgarde-Inszenierung von *Trojerinnen*, ja? Sie mögen?«

»Ist das Ihr Ernst?«

»Sie müssen sein ernst, *Bubbala*. Nur eines: Inszenierung oben ohne. Für Sie okay?«

»Wer zum Teufel spricht da?«

»Nora Karroll, du Dussel. Komm zum Abendessen.«

Ich brachte Narzissen mit. Ganz gewöhnliche Narzissen. Aber dafür Dutzende. Sie sahen wunderschön aus auf dem Tisch neben der Küche, wo Nora und ich unser Mahl einnehmen würden.

»Also, was ist los mit Harvey Keitel?« fragte mich Nora, während einer der Kellner die Drinks vor uns hinstellte.

Der Kellner sah mich erwartungsvoll an, ganz begierig auf meine Antwort.

»Nora, ich finde, du solltest Tony nicht immer Harvey Keitel nennen. Das stiftet nur Verwirrung.«

Sie lachte boshaft. »Okay. Aber im Ernst, was ist? Hast du von ihm gehört?«

Ich schüttelte den Kopf.

»Du willst nicht darüber sprechen, hmm?«

Wieder schüttelte ich den Kopf.

»Es gibt Krabbenküchlein, Alice ... unter anderem«, sagte Nora. »Ich hoffe, sie schmecken dir. Heute abend habe ich die Küche der Souschefin übertragen. Ich habe ein ganz einfaches Rezept, es ist praktisch idiotensicher. Also, bis zu einem gewissen Grad. Ich glaube, man muß ein Gefühl fürs Kochen haben. Weißt du, was ich meine?«

»Nicht wirklich, Nora. Ich bin keine besondere Köchin. Ich esse nur gerne.«

Fünf Minuten später, als ich genau das tat – die Krabbenküchlein waren wirklich wunderbar, spazierte der Gourmet-Kriminalbeamte herein. Es war Lieutenant Stoner von der Polizeistation an der nächsten Kreuzung, der Basillio und mich in der Nacht des Mordes an John einvernommen hatte.

Er ging schnurstracks auf unseren Tisch zu.

Ihn in Noras Lokal zu sehen, überraschte mich und

auch wieder nicht. Einerseits hatte er ja das Essen hier empfohlen. Aber andererseits hatte ich nicht wirklich erwartet, ihn hier zu treffen.

Komisch, als ich ihn auf uns zukommen sah, nahm ich ganz selbstverständlich an, daß er mich hier aufgespürt hatte und mir irgendwelche Neuigkeiten brachte – wahrscheinlich schlechte.

Aber ich irrte mich. Er war hier, um mit uns zu Abend zu essen!

»Alice, das ist mein Kumpel Aaron Stoner. Er ist Polizist. Ein Polizist mit einem Feinschmeckergaumen, sollte ich wohl hinzufügen.«

Ich streckte ihm die Hand hin und wußte nicht, ob ich so tun sollte, als kenne ich ihn nicht.

Aber Stoner stellte sogleich alles klar. »Nein, so etwas«, sagte er. Zwar lachte er nicht wirklich, aber er zeigte eine Reihe kräftiger, scharfer Zähne. »Alice und ich haben uns schon kennengelernt, Nora. Für *mich* war es ein Vergnügen«, sagte er und fügte dann hinzu, »das heißt, bis zu einem gewissen Grad.«

Worauf sich sein Gesicht zu einem richtigen Grinsen verzog.

»Dir macht es wohl Spaß, die Mädels in Verlegenheit zu bringen, nicht wahr, du Cajun-Schlingel?« zog ihn Nora auf.

»Er ist nicht mehr Cajun als du, Alice«, sagte sie über die Schulter zu mir. »Ich nenne ihn nur gerne so, weil er aus New Orleans stammt … Ach, du meine Güte!« rief Nora plötzlich aus. »Mir ist gerade etwas eingefallen, woran ich seit hundert Jahren nicht mehr gedacht habe, Alice.«

»Was denn?«

»Als ich in dem Williams-Stück Baby Doll spielen

mußte. Dieser *furchtbar* blöde Südstaaten-Akzent, den ich mir zulegte. War ich nicht das absolut letzte?«

»Sei nicht so streng mit dir«, sagte ich. »Ein Akzent kann heimtückisch sein. Ehrlich gesagt, halte ich überhaupt nichts davon.«

»Ja, ich erinnere mich, das war eine deiner verrückten Theorien.«

»Ist Alice verrückt?« fragte Stoner. »Auf mich wirkt sie wie eine Lady, die mit beiden Beinen auf dem Boden steht.«

»Vielen Dank, Lieutenant Stoner.«

»Natürlich«, fuhr er, weiter an Nora gewandt, fort, »ist sie *Schauspielerin*. Sie könnte total meschugge sein.«

Ich unterbrach ihr Lachen. »Nora, hör zu – und Sie auch, Lieutenant – es gibt etwas, was ich dir noch nie gesagt habe«, erklärte ich sehr grimmig. »Ich habe es noch nie leiden können, wenn man mich aufzieht. Schon als Kind wußte ich nicht, wie ich damit umgehen sollte.«

Sowohl Stoner als auch Nora zuckten peinlich berührt zusammen.

Erst als wir bei unserem Salat mit gegrilltem Lammfleisch waren, erlöste ich sie und sagte ihnen, daß ich mir nur einen Spaß mit ihnen erlaubt hatte.

»Das ist mein Standard-Gag als Naive«, erklärte ich. »Ich bringe ihn nicht oft.«

Dann wurde ich ernst.

»Ich weiß, Sie werden vielleicht nicht darüber reden wollen, Lieutenant Stoner«, sagte ich, »aber was gibt es Neues von der Adda-Krispus-Geschichte? Wissen Sie schon etwas mehr darüber, warum sie John erschossen hat?«

»Ist schon okay«, antwortete er. »Ich kann darüber reden – soweit es überhaupt etwas darüber zu sagen gibt.

Adda Krispus lehnt nach wie vor einen Rechtsbeistand ab. Sie will kein Teilgeständnis ablegen, um Strafmilderung zu erzielen, sie will keinen Prozeß und sie will keinen Priester. Sie gibt offen zu, daß sie Mr. Cerise umgebracht hat, weigert sich aber, zu sagen, warum. Es ist so, wie es in der Zeitung steht, sie zeigt keine Reue.

Natürlich verlangt ihre Familie ein psychiatrisches Privatgutachten und alles, was es sonst noch gibt. Doch die Dame bleibt dabei – sie lehnt alles kategorisch ab.

Sie könnte neunundneunzig Jahre bekommen, aber das scheint ihr nicht das geringste auszumachen. Ich weiß nicht – sie hat etwas ziemlich Irres getan, aber die Ärzte sagen, sie ist nicht verrückt. Sie scheint so normal zu sein wie jeder von uns. *Ich* schätze, sie wird im Gefängnis sterben.«

»Mein Gott, wie absurd«, sagte ich. Ich wußte nicht, was ich sonst zu seinem Bericht sagen sollte.

»Was ist mit Ihnen?« fragte mich Stoner. »Haben Sie einen Grund gefunden, warum Mr. Cerise vorgab, jemand anderer zu sein?«

»Nein.«

Die Antwort war vielleicht komplizierter als ein schlichtes »Nein«. Aber ich kannte Stoner nicht sehr gut; unsere Beziehung war noch zu jung, um ihm von dem Anruf von Glenda Fuchs zu erzählen – von dem »gemeinsamen Nenner« – den Katzen. Das letzte, was ich brauchte, war, daß Stoner mich tatsächlich für verrückt hielt.

»Du willst doch welche, nicht wahr, Alice?«

Noras Frage unterbrach den reißenden Strom meiner Gedanken.

»Was denn, Nora?« fragte ich.

»Crème brûlée.«

»Heute nicht, Nora. Weißt du, ich bekomme schon jetzt die Hose nicht mehr zu, die ich das letzte Mal anhatte.«

»Ach was«, sagte sie. »Aaron, Alice war mal dünn wie eine Bohnenstange. Ich finde, sie sieht jetzt viel besser aus, mit ein bißchen Fleisch auf den Knochen.«

An Lieutenant Stoners Blick sah ich, daß er Nora recht gab. Er machte den Mund auf, und ich vermutete, er wollte gerade erklären, wie sehr er ihre Meinung teilte, ... aber genau in diesem Augenblick ertönte sein Pieper.

Er entschuldigte sich und ging die Polizeistation anrufen.

Als er zurückkam, versuchte mich Nora noch immer zu einer Nachspeise zu überreden.

»Ich glaube, ich kann Sie doch auf den letzten Stand bringen«, sagte Stoner und blickte mich direkt an.

»Was ist passiert? Hat sie gesagt, warum sie es getan hat?«

»Nein. Es hat nichts mit ihr zu tun. Es geht um den Alten – Adda Krispus' Mann – er ist vor drei Stunden gestorben.«

6

In jener ersten Septemberwoche änderte sich das extreme Wetter.

Es sah aus, als würden wir einen richtigen Herbst bekommen, was in New York immer seltener wurde.

Es lag diese wunderbare Klarheit in der Luft.

Aber ebenso jene leise Wehmut, die schöne Frühlings- oder Herbsttage erwecken können.

Der Tod von Peter Krispus erschien wie eine Art

Schlußpunkt zur Tragödie von John Cerise. Ich hatte begonnen, mich mit dem Verlust abzufinden, und das Vergessen hatte bereits eingesetzt.

Kein Wort von Tony.

Das überraschte mich. Wir hatten schon öfter Streit gehabt. Die Verbindung war schon öfter abgerissen. Aber so etwas wie diesmal hatte es noch nie gegeben.

Auch ihm galt diese leise Wehmut. Aber auch dafür setzte der Heilprozeß allmählich ein. Alles muß sich ändern. Alles muß vergehen. Ich hatte eine lange gemeinsame Zeit mit Basillio verbracht – eine lange und oft gute Zeit. Aber sie war zu Ende gegangen.

Das tat mir leid. Er fehlte mir. Es schmerzte noch immer. Doch die Patientin würde wieder vollkommen genesen, danke für die Nachfrage.

In der letzten Augustwoche sprach ich den Werbetext für ein neues Frauenpflegeprodukt. Bis heute weiß ich nicht mit Sicherheit, wofür es angeblich gut ist. Jedenfalls fanden die Leute im Studio meine Arbeit gut, sagte meine Agentin, und vielleicht würde es noch vor Jahresende wieder einen Auftrag für mich geben.

Zwei meiner Klienten als Catsitterin mußten unerwartet verreisen. Also verdiente ich ein bißchen Geld für die Betreuung von Barbarella, einer grauen Perserkatze, die in Zeckendorf Towers wohnte, und Mitsuko, einer reizenden braunen Kurzhaarkatze in Battery Park City unten.

Ich dankte meinem Schicksal, daß es Nora Karroll wieder in mein Leben geführt hatte. Sie war mir eine so gute Freundin. Sie versorgte mich mit allem – von Gratismahlzeiten bis zu Gratistickets.

Sie arbeitete an einem Buch über ein Musical. Es basierte vage auf ihrer Anfangszeit im Showbusiness. Sie gab mir die Seiten ihres ersten Entwurfs praktisch direkt aus der Schreibmaschine zum Lesen. Ich hatte eigentlich keine Ahnung vom Musiktheater; ich wußte nicht, ob ihre Ideen gut oder schrecklich waren. Aber es machte Spaß, mich mit ihr zu treffen und über das Projekt zu unterhalten.

Ich stand eine Weile da und blickte aus dem Loftfenster. Ja, es sah wirklich nach einem wunderschönen Tag aus.

Ich war nicht in Stimmung für einen ernsthaften Herbstputz, aber ich nahm einen Beutel mit Pullovern, Röcken und Hosen, um sie in die Reinigung zu bringen. Ich ließ das Frühstücksgeschirr im Spülbecken, schaltete den Anrufbeantworter ein und winkte Bushy zum Abschied zu. Das letzte Mal, als ich Pancho gesehen hatte, war er unter dem Spülbecken verschwunden.

Es war angenehm im Freien, überhaupt nicht schwül. Ich beschloß, später, wenn es Zeit war, Mitsuko zu füttern, zu Fuß zum Battery Park zu gehen, statt mit der U-Bahn zu fahren.

Als ich an dem Zeitschriftenladen in der Hudson Street vorbeikam, sah ich mir wie üblich im Schaufenster die Hochglanzzeitschriften an. Eines Tages, sagte ich mir, würde auf dem Titelbild einer mondänen Modezeitschrift Alisons Gesicht prangen.

Die Tageszeitungen steckten in Ständern auf dem Gehsteig vor dem Geschäft. Ich überflog rasch die Schlagzeilen der großen New Yorker Zeitungen.

Die in der *Times* war zu dezent, als daß ich mich damit befaßt hätte. Die kleine Schrift erweckte den Eindruck, daß nichts besonders Wichtiges los war.

Als ich eine der Schlagzeilen der *Post* las, war ich wie vom Donner gerührt:

VERRÜCKTER KOMPONIST VERERBT
MILLIONEN AN KATZEN!

Und darunter in etwas kleinerer Schrift:

MUSICAL-KOMPONIST P. N. KRISPUS
GAB SICH ALS MITTELLOS AUS.

Ich nahm die Zeitung in die Hand und blickte in das zerfurchte Gesicht des Mannes auf dem Bild. Auf dem Foto, das gute fünfzehn Jahre alt sein mußte, war er jünger, aber es war zweifellos das Gesicht von Peter Nelson Krispus.

Der Artikel wurde auf Seite 3 fortgesetzt. Ich las jedes Wort.

Krispus, der in seinen letzten Jahren allgemein als Almosenempfänger galt und für den auf einer alljährlichen Party Spenden gesammelt wurden, war in Wirklichkeit Millionär.

Er besaß über 2 Millionen $, die er seinen Katzen mit den launigen Namen George Bernard und Shaw hinterließ.

Das Testament sah vor, daß die Katzen ein Landhaus samt ihrem eigenen Koch, einem Dienstboten sowie tierärztliche Betreuung erhielten.

Als Testamentsvollstreckerin wurde eine junge Broadwaytänzerin namens Bobbi Ann Budd genannt.

Krispus' fassungslose und empörte Angehörige – darunter Merlin Krispus, sein älterer Sohn, und Hume Krispus, dessen Bruder – wollten das Testament anfechten. Sie behaupten, daß Miss Budd offenbar ungebührlichen Einfluß auf ihren Vater ausgeübt habe.

Die Krispus-Söhne beschuldigten die junge Tänzerin,

einen verwirrten alten Mann mit Sex verführt zu haben, und bezeichneten sie als »Erbschleicherin«, gaben aber zu, die junge Frau nicht persönlich zu kennen.

In diesem Zusammenhang stehe eine andere eigentümliche Geschichte: Adda Krispus, die Witwe des alten Mannes, sei derzeit in Haft und erwarte einen Mordprozeß. Offenbar habe sie bereits zugegeben, einen Mann aus Manhattan ermordet zu haben, der im Sommer in der Wohnung der Familie Krispus zu Gast war. Laut Auskunft der Behörden konnte bis jetzt noch kein Motiv für den Mord gefunden werden. Die Angeklagte lehne weiterhin jeden Rechtsbeistand ab und weigere sich, über ihre Tat zu sprechen.

Ich stand mitten auf dem Gehsteig, der Wind wehte mir über die Schultern, und las eine Zeitung, die ich nicht bezahlt hatte. Wahrscheinlich mit offenem Mund.

Ich kaufte die *Post*. Und die *Times*, die *Daily News* und *Newsday* ebenfalls.

Dann lief ich auf der Stelle nach Hause.

Nicht einmal Schokolade-Ingwerkekse kaufte ich unterwegs.

Einige Zeitungen brachten mehr über das Ereignis als andere. Ich las jeden Bericht darüber.

Dies war auch so ein Zeitpunkt, wo es die natürlichste Sache der Welt gewesen wäre, zum Telefon zu greifen und jemanden anzurufen, um über das, was ich soeben erfahren hatte, zu reden. Aber ich konnte nicht. Ich wußte nicht, was ich hätte sagen sollen.

Anscheinend war Adda Krispus nicht die einzige Verrückte in dieser Familie.

Ich stapelte die Zeitungen neben dem Mülleimer auf.

Ich fühlte mich schrecklich. Und wie betäubt. Und total verwirrt.

Ich zog die Schuhe aus und streckte mich auf dem Bett aus. Ich wußte nicht weiter.

Eine Minute später tauchten beide Katzen auf. Es war selten, daß sie zu zweit kamen. Vielleicht hatte Bushy Pancho ein paar Unterrichtsstunden zum Thema Feinfühligkeit gegeben. Die beiden schnüffelten eine Zeitlang an meinen Zehen herum und legten sich dann hin, um ein Schläfchen zu halten.

Ich beneidete sie. Es wäre schön, jetzt zu schlafen, zu entfliehen, zu vergessen.

Warum verspürte ich das Bedürfnis, zu entfliehen? Wohl weil ich mich so allein fühlte. Was war mit mir los? So ein trübsinniges Verhalten war so gar nicht meine Art. Zu was für einer Idiotin entwickelte ich mich? Was hielt mich davon ab, ein Buch aufzuschlagen, einen Spaziergang zu unternehmen, irgend etwas von den Dutzenden von Dingen zu tun, die gewöhnlich mein Leben ausfüllen?

Ein paar Minuten später stand ich auf und begann, wie so oft, im Zimmer auf- und abzugehen. Als mir das langweilig wurde, stürzte ich zum Mülleimer und holte mir alle Zeitungen.

Nachdem ich die Berichte über Peter Nelson Krispus' bizarre Täuschung und die Einzelheiten über sein seltsames Vermächtnis ein zweites Mal gelesen hatte, war mir die Sache auch nicht wirklich klarer. Ich wurde nur noch mehr in die Geschichte hineingezogen, wurde noch verwirrter.

Aber mir fiel – zum ersten Mal – die offensichtliche Verbindung zwischen Krispus und John Cerise auf: Katzen.

Katzen! Krispus hinterließ sein rätselhaftes Vermögen seinen Katzen. John Cerise hatte Katzen geliebt. Sie waren sein Leben gewesen.

Jetzt marschierte ich schon zielstrebiger auf und ab. Ich versuchte nicht nur, herauszufinden, wo John in das Puzzle von Krispus' geheimnisvollem Vermögen und Testament hineinpaßte – ich konzentrierte mich noch einmal auf die unverständliche Tatsache, daß John geleugnet hatte, wer er war. Wie paßte das hinein?

Das Denken fiel mir schwer, weil vor meinem geistigen Auge wieder das Bild von Adda Krispus mit erhobener Waffe auftauchte. Irgendwie verdrängte dieses Bild alles Ruhige und Logische aus meinem Kopf.

Ich schnappte mir einen Bleistift und einen Block und begann alles aufzuschreiben, was seit dem Mordtag passiert war. Ich war noch nicht weit gekommen, als das Telefon läutete.

Die Anruferin war atemlos, überaus besorgt. Aber diesmal wollte mir niemand etwas verkaufen.

Es war Glenda Fuchs von USK, der Katzenrettungs-Organisation.

»Ich brauche Ihre Hilfe, Miss Nestleton«, sagte sie mit verzweifeltem Unterton in der Stimme.

Was wollte sie denn jetzt von mir – daß ich mich für meine schäbige Spende entschuldigte?

Doch bevor ich mir eine Antwort überlegen konnte, unterbrach sie mich.

»Ich weiß, es ist eine Zumutung, aber ich hoffe, Sie können mir einen Gefallen tun. Ich muß Sie persönlich sprechen.«

Ich schwieg eine Weile. Vielleicht erwartete sie wirklich von mir, daß ich mit einer Blechdose betteln ging. Dann sagte ich: »In Ordnung.«

»Gut. Können Sie heute nachmittag zu mir kommen?«

»Das wird wohl möglich sein. Wo wohnen Sie?«

»In der Amsterdam Avenue. Aber das spielt jetzt keine Rolle. Ich bin nicht zu Hause.«

»Wo sind Sie?«

»Im Krankenhaus. Lenox Hill. Wissen Sie, wo das ist?«

»Ja, aber ... ist mit Ihnen alles in Ordnung? Was ist passiert?«

»Nichts sehr Gutes. Ich erwarte Sie.«

7

Ich hatte keine Zeit, mit Mitsuko in ihrem Bambus-Puppenhaus zu spielen. Ich kontrollierte ganz rasch die Wohnung ihrer Besitzerin, fütterte die Katze, verschloß die Tür und ging.

Ich würde die einsame Mitsuko ein andermal dafür entschädigen.

Nora wartete bereits auf dem Gehsteig auf mich, als mein Taxi vor ihrem Haus mit Türsteher in der West 57th Street stehenblieb. Sie hatte sich bereiterklärt, mich ins Krankenhaus zu begleiten.

»Bereiterklärt« ist das falsche Wort. Als ich sie anrief, um ihr von all den bizarren Entwicklungen des Tages zu berichten, bestand sie darauf, mit mir ins Krankenhaus zu fahren. Sie war nicht nur begierig, mir zu helfen, sie schien das ganze für eines meiner »verrückten« Abenteuer zu halten, bei dem sie unbedingt mitmachen wollte.

»Ich brauche dir wohl nicht zu sagen, daß du einen Bewunderer hast«, sagte sie in vertraulichem Tonfall, als wir auf dem Rücksitz des Taxis saßen.

»Da mußt du dich schon etwas genauer ausdrücken, Nora«, erwiderte ich.

»Aaron«, sagte sie ungeduldig. »Was glaubst du, von wem ich rede – von Cole Porter?«

»Lieutenant Stoner meinst du.«

Ich glaube, ich zierte mich bloß ein klein wenig. Ich wußte die ganze Zeit, wen sie meinte.

»Ja«, sagte sie. »Aaron Stoner. Er spricht nur noch von dir.«

»Wirklich?«

»Also, nicht wirklich *nur* von dir. Aber so gut wie. Er sagte, er habe von einem anderen Polizisten erfahren, der es von irgend jemandem gehört hat, daß du dich als Detektivin betätigst. Er fragt sich, warum du ihm das nicht selbst gesagt hast. Jedenfalls hast du nicht einmal mir erzählt, daß du einmal als Beraterin für die Polizei gearbeitet hast. Du warst in all diesen Jahre ganz schön beschäftigt, nicht wahr?«

»Das stimmt wohl. Aber um ehrlich zu sein, bei meiner Beratertätigkeit entwickelte sich zwischen mir und der New Yorker Polizei nicht gerade eine herzliche Beziehung. Ich habe am Ende den Fall gelöst, aber es wurde ziemlich unangenehm. Sie haben mir einen Spitznamen verpaßt, der mir gar nicht gefiel.«

»Welchen?«

»Katzenfrau.«

Nora lachte sich kaputt.

Ich lachte selbst ein wenig. »Es ist komisch, in was für Berufen man sich als arbeitslose Schauspielerin wiederfindet.«

»Besser als ein Job als Kellnerin, nicht wahr?«

»Glaub mir, Nora, ich wäre die schlechteste Kellnerin, die du je gehabt hast.«

»Was ist mit der jetzigen Eskapade?« fragte sie.

»Mit welcher?«

»Ich rede von Glenda, der guten Hexe. Du weißt schon, vom Fall der Katzengöttin von Lenox Hill.«

»Das ist keine Eskapade, Nora. Ich versuche nur, einer Frau zu helfen, die bei der Rettung von Katzen bewundernswerte Arbeit leistet.«

»Oh«, sagte sie hörbar enttäuscht. »Ich habe gehofft, ich könnte dir bei der Lösung eines Kriminalfalls helfen. Ich wollte schon immer Sam Spades Sekretärin Effie spielen ... oder Della Street, die Sekretärin von Perry Mason.«

»Nora, du bist unverbesserlich. Du wirst nicht nur nicht Della Street spielen, sondern nicht einmal Jessica Fletcher.«

Ich hatte Glenda Fuchs noch nie gesehen, also hatte ich natürlich keinen Vergleich. Aber ich konnte mit ziemlicher Sicherheit sagen, daß sie schon mal besser ausgesehen hatte als an jenem Tag.

Mit einem Wort, sie sah furchtbar aus. Sie bestand nur aus blauen Flecken, und ein Arm steckte in einem eindrucksvollen weißen Gipsverband.

Wie es schien, war sie von einem Toyota beiseitegefegt worden, als sie am Morgen auf ein Taxi gewartet hatte. Es war ein mieser Fall von Fahrerflucht.

»Tut mir leid, daß wir uns so kennenlernen, Miss Nestleton«, sagte sie benommen.

»Machen Sie sich darüber keine Gedanken«, antwortete ich.

»Ja«, sagte Nora, »wir verzeihen Ihnen, daß Sie uns nicht die Hand schütteln.«

Glenda Fuchs versuchte zu lachen, aber ich glaube, das muß weh getan haben. Ihre Unterlippe war gespalten.

»Ich habe Ihnen schon ein bißchen über USK erzählt, nicht wahr, Miss Nestleton?« fragte die Verletzte.

»Ja. Und nennen Sie mich bitte Alice.«

»Nun, im Augenblick konzentrieren wir unsere Arbeit auf den Fort Tryon Park, wo es eine riesige Katzenpopulation gibt. Wir wollen die Tiere einfangen und sterilisieren, weil die Stadt droht, sie umzubringen. Wir brauchen mehr Geld.

Und etwas derartiges passiert natürlich zu einem Zeitpunkt, wo unsere Organisation so schlecht besetzt ist. Am Ende des Sommers. Alle Leute sind weggefahren oder kommen gerade erst wieder in die Stadt zurück. Oder sind mit anderen Wohltätigkeitsaktionen beschäftigt. Oder was immer. Ich hatte Millionen Dinge zu tun. Für all die Dinge, die erst in letzter Minute getan werden können, war ich allein verantwortlich ... und jetzt ... das. Es macht mich so wütend!«

»Ein Jammer, daß Ihre Organisation keinen Engel hat«, warf Nora ein. »Warum konnte dieser verrückte Peter Nelson Krispus nicht Ihren verwilderten Katzen ein paar hunderttausend Dollar hinterlassen – wo er doch für seine eigenen Katzen so eine Schwäche hatte.«

Glendas Gesicht rötete sich plötzlich. »Oh, bitte!« sagte sie zornig. »Erwähnen Sie in meiner Gegenwart nicht noch einmal den Namen dieses Idioten. Es gibt so viele sinnvolle wohltätige Organisationen auf der Welt – von USK ganz zu schweigen –, und er hinterläßt ein Vermögen und trifft so hirnrissige Verfügungen. Tiere brauchen nicht in einem Schloß zu wohnen. Sie brauchen bloß ein sauberes Zuhause, wo sie sicher sind, und jemanden, der sich um sie kümmert. Seine Katzen hatten das bereits – selbst wenn es nur eine ganz normale

Wohnung in einer alten Mietskaserne in Hell's Kitchen war.«

»Ich weiß, ich weiß«, versuchte ich sie zu beruhigen. »Aber Sie sollten sich jetzt nicht aufregen. Warum sagen Sie uns nicht, wie wir helfen können, und dann können Sie sich ein wenig ausruhen.«

»Ja, Sie haben recht«, meinte Glenda. »Ich war auf dem Weg ins USK-Büro, als ich angefahren wurde. Ich möchte Sie bitten, hinzugehen und ein paar Dinge zu erledigen. Bringen Sie mir meine Tasche von dem Schrank da drüben, dann gebe ich Ihnen die Schlüssel.«

Nora ging zum Schrank und holte die Tasche.

»Erstens«, sagte Glenda und holte tief Luft, »steht dort ein Karton mit Briefumschlägen – die Briefe stecken bereits in den Kuverts. Es sind unsere Briefe mit Bitten um Spenden. Sie müssen zugeklebt und als Infopost zur Post gebracht werden.

Und wenn Sie dann außerdem die Vorlage für unsere neue Broschüre zu der Druckerei am Broadway bringen könnten. Sie finden die Adresse an der Pinnwand neben dem Telefon. Der Drucker gibt uns Rabatt auf den Preis, aber er muß die Unterlagen in den nächsten ein, zwei Tagen bekommen, bevor er zuviele andere Aufträge hat.

Ist das sehr viel verlangt?«

»Natürlich nicht«, sagte ich. »Wir erledigen es sofort. Bevor das Postamt schließt.«

Wir ließen Glenda mit ein paar alten Ausgaben von *People* zurück, die Nora im Aufenthaltsraum der Krankenschwestern am Ende des Ganges entdeckt hatte. Sie schaffte es, besorgt und schläfrig zugleich zu wirken. Ich hoffte, sie würde bald einschlafen.

Als sie uns zum Abschied nachwinkte und sich noch einmal bedankte, kam mir unwillkürlich der Gedanke, daß sie wirklich ein wenig aussah wie Glenda, die gute Hexe im *Zauberer von Oz*.

Das USK-Büro war bei Gott nicht die Rockefeller Foundation. Mir war klar gewesen, daß USK eine arme kleine Organisation war, die dringend Geld benötigte, aber etwas so ... Armseliges hatte ich nicht erwartet.

Mit den Schlüsseln, die uns Glenda gegeben hatte, öffneten Nora und ich die Tür des spärlich möblierten kleinen Büros in einem heruntergekommenen Bürogebäude in der 56th Street, ganz weit draußen im Westen. Es war nicht weit entfernt von Noras Wohnung, aber es war eine andere Welt.

Ich hatte keine Probleme, den Karton mit den Bittbriefen zu finden. Wir klebten sie rasch zu und bündelten sie mit Gummiringen für das Postamt.

Ich nahm die Karte des Druckers von der Pinnwand und schrieb mir den Namen und die Adresse in mein Notizbuch. Dann fand ich den Klebeumbruch für die Broschüre.

Erst, als wir schon das Licht ausschalten und gehen wollten, sah ich mir das einzelne Blatt Briefpapier mit dem offiziellen Briefkopf, das auf dem Schreibtisch lag, genauer an. Am oberen Rand waren kleingedruckt alle Namen der Mitglieder des USK-Vorstands aufgeführt.

Glenda Fuchs' Name stand natürlich da. Und der von John Cerise. Und unter den anderen sechs ein Name, der mich fast umwarf: Merlin Krispus.

Also, wie viele Männer in New York hießen wohl Merlin Krispus? Ich brauchte nicht im Telefonbuch nachzusehen, um diese Frage zu beantworten.

Peter Nelson Krispus' älterer Sohn Merlin war Mitglied des Vorstands von USK. Er war ein Kollege von

John Cerise gewesen. Selbst wenn die Vorstandsmitglieder einander niemals wirklich gegenübersaßen, wie wahrscheinlich war es, daß Merlin von John Cerise nicht einmal gehört hatte?

Ich dachte zurück an meine Begegnung mit den Mitgliedern der Krispus-Familie ... in jenem Todeshaus ... dem Haus der Lügner.

Nachdem wir alle Anweisungen von Glenda ausgeführt hatten, begaben Nora und ich uns zurück ins Bistro.

Während sie mit ihrer Mitarbeiterin die Speisekarte für den Abend besprach, rief ich Glenda Fuchs an. Ich wollte mich erkundigen, wie es ihr ging, und ihr versichern, daß wir uns um alles gekümmert hatten. Aber ich wollte ihr auch ein paar Fragen über Merlin Krispus stellen.

Ja, sagte Glenda, natürlich kenne sie Merlin. Er sei schon seit ein paar Jahren im Vorstand. John Cerise war sogar derjenige gewesen, der ihn empfohlen hatte.

Also hatte Merlin gelogen. Das war der Beweis. Aber warum?

Ich legte auf und ließ Glenda ihr flüssiges Abendmahl weiteressen.

Ich war verwirrt. Warum log Merlin? Was hätte es geschadet, wenn er zugegeben hätte, daß er John kannte? Niemand warf ihm irgend etwas vor. Schließlich war sonnenklar, daß er nichts mit Johns Tod zu tun hatte. Wir alle wußten, daß dafür Adda Krispus verantwortlich war.

Ich blickte durch das Lokal und sah, daß Nora an der Bar auf mich wartete.

»Was ist mit der jetzigen Eskapade?« hatte sie vorher scherzhaft gefragt. Würde sich daraus etwa wirklich eine echte Ermittlung entwickeln?

Ich dachte nicht in diesen Dimensionen. Doch ich spürte, daß irgend etwas ganz und gar nicht stimmte. Ich wußte, daß Merlin – und auch die anderen Familienmitglieder – logen, und zwar aus irgendwelchen sehr realen Gründen, die sie vor mir verheimlichen wollten. Und ich war es John schuldig, herauszufinden, welche Gründe das waren.

Um seinetwillen und um meinetwillen mußte ich herausfinden, was vorging.

Ich sah wieder zu Nora hinüber.

Vielleicht würde sie doch noch Della Street spielen können.

8

Es war schwer zu sagen, ob das Geschäft offen oder geschlossen war.

Ich glaubte, drinnen schwaches Licht zu sehen, aber ich konnte mich auch irren.

Der Türknopf bewegte sich nicht, als ich ihn drehte. Ich sah keine Klingel. Ich sah auch kein Schild mit den Geschäftszeiten. An eine Ladentür klopfte man doch nicht an wie an eine Schlafzimmertür ... oder?

Merlin Krispus besaß ein Antiquitätengeschäft in der 27th Street nahe der 9th Avenue. Es war Mittag, und mitten in der Woche. Man würde doch denken, ein solches Geschäft sollte jetzt offen sein – wann sonst?

Ich klopfte.

»Es ist offen!«

Zumindest glaubte ich das zu hören. Die Stimme klang gedämpft und meilenweit weg.

Ich probierte es noch einmal an der Tür. Diesmal ging sie auf.

Merlin Krispus hatte mir den Rücken zugewandt. Er polierte mit einem Öllappen einen Rolladenschreibtisch.

»Hallo, Mr. Krispus«, sagte ich bestimmt.

Erst jetzt drehte er sich zu mir um.

»Ich bin Alice Nestleton. Wir haben uns in –«

»Ja, ich weiß. Wie geht es Ihnen, Miss Nestleton?«

»Mir geht es gut. Es ist mir schon besser gegangen, aber im großen und ganzen geht es mir gut.«

»Sehr nett von Ihnen, mich hier zu besuchen, Miss Nestleton. Haben Sie Interesse an einer wunderschönen gepolsterten Chaiselongue? Ich habe gestern eine hereinbekommen.«

»Danke, aber ich bin nicht hier, um etwas zu kaufen.«

»Ah.«

Er sah mich ausdruckslos an, genau wie seine Schwägerin Jane, als ich das letzte Mal in der Krispus-Wohnung war.

»Wie ich sehe, sind Sie sehr beschäftigt, Mr. Krispus. Also komme ich gleich zum Grund meines Besuchs«, sagte ich.

Trotzdem schwieg ich dann einen Augenblick.

Nichts deutete darauf hin, daß er bemerkt hatte, daß das ironisch gemeint war, aber er zeigte in seinem Verhalten auch keine Ungeduld. Er wartete einfach darauf, daß ich weiterredete.

»Der Grund ist«, fuhr ich fort, »daß Sie und der Rest Ihrer Familie leugneten, John Cerise, den Mann, den Ihre Mutter erschossen hat, zu kennen. Über den Rest Ihrer Familie kann ich nichts sagen, Mr. Krispus, aber es scheint, daß Sie John sehr gut kennen – oder kannten. Jedenfalls gut genug, daß er sie als Mitglied in die Organisation »Unsere streunenden Katzen« aufnahm. Sie sind im Vorstand, genau wie John.«

Merlin zuckte mit keiner Wimper. Er leugnete nichts. Er bestätigte nichts. Er fragte nicht einmal, wie ich ihn gefunden hatte. (Das war ganz einfach gewesen – im Telefonbuch stand sowohl seine Wohn- als auch seine Geschäftsadresse). Er sagte nichts. Er bewegte sich nicht.

»Ich bin hier, um herauszufinden, warum Sie gelogen haben, Merlin. Was war der Grund?«

Jetzt bewegte sich sein Körper ein klein wenig. Er drehte sich halb um und nahm eine Zigarettenpackung von einem Tisch in der Nähe.

Als er in seiner Hosentasche ein Streichholzbriefchen gefunden hatte, sprach er endlich. »Wenn ich mich recht erinnere, sagten Sie, Sie seien Schauspielerin.«

»Das ist richtig. Und?«

Jetzt nahm sein Gesicht einen ziemlich häßlichen Ausdruck an. Es war der Ausdruck totaler, unverhohlener Verachtung.

»Ich hätte es wissen müssen, sobald Sie die Wohnung meiner Eltern betraten«, fauchte mich Merlin an. »Noch bevor Luther Ihre Profession mit einer seiner billigen Verführungstechniken herausbekam. Sie und Ihresgleichen machen mich krank. Mein ganzes Leben mußte ich euch groteske *Theaterleute* ertragen! Uns setzte Vater der schlimmsten Armut und Demütigung aus, während er euch Flittchen behandelte wie Göttinnen oder so was.«

»Wovon in aller Welt reden Sie?« fragte ich ungläubig.

»Ich werde Ihnen sagen, wovon ich rede! Nur eine Schauspielerin kann so selbstherrlich sein … so anmaßend … so unhöflich. Niemand anderer würde sich das Recht anmaßen, ins Haus meines sterbenden Vaters zu kommen und es wagen, uns auszufragen, wie Sie es getan haben. Meine Mutter hat die größten Probleme, mein Vater liegt im Sterben, und Sie platzen in unser Leben und ...«

Darauf war ich nicht gefaßt gewesen. Weder auf Merlins Reaktion noch auf die Reaktion, die sie in mir auslöste.

Plötzlich schrie ich ihn an: »Es gibt wirklich keinen Grund, sich mir gegenüber so zu benehmen, Merlin. Das ist unentschuldbar! Ich habe Ihnen und Ihrer Familie nichts getan ... jedenfalls nicht halb soviel, wie ich hätte tun sollen. Aus Ihrer kleinen Tirade spricht bloß Ihr schlechtes Gewissen! Sie verbergen irgend etwas in bezug auf Johns Tod, und das wissen Sie auch. Und außerdem, Mister, nicht ich habe die Probleme Ihrer Mutter verursacht. Also lassen Sie Ihre Wut nicht an mir aus!«

Selbst in der Hitze meines Schreianfalls hörte ich etwas – ein scharrendes Geräusch – hinter dem Vorhang im hinteren Teil des Geschäfts.

Einen Augenblick bekam ich Angst. Fast erwartete ich, daß Adda Krispus auftauchen und rufen würde: »Schauen Sie!«

Fast erwartete ich, auf der Stelle erschossen zu werden.

Merlin wußte, daß ich es gehört hatte. Ich erkannte es an der Art, wie er die Tonart wechselte.

»Wir sind beide erregt, Miss Nestleton«, sagte er, ganz der nüchterne Vermittler. »Ja, wir sind sogar beide total übererregt. Wenn ich so emotional bin, bin ich nicht gerade der angenehmste Zeitgenosse. Warum vertagen wir diese Unterhaltung nicht auf ein andermal?«

Niemand trat aus dem Schatten heraus. Da hinten war alles ganz ruhig.

»Nein«, antwortete ich auf Merlins Einladung. »Ich

glaube, ich habe etwas gegen Ihre Art, eine Unterhaltung zu führen, Merlin.«

»Ganz wie Sie wollen«, murmelte er.

»Warum unterhalte ich mich nicht statt dessen mit demjenigen, der hinter diesem Vorhang ist?« schlug ich vor.

»Dieser Vorhang und was dahinter ist, geht Sie nichts an.« Jetzt wurde er wieder zornig. »Es ist genau, wie ich sagte, nicht wahr? Ihr seid die arrogantesten ... selbstherrlichsten –«

»Hören Sie doch auf, Merlin«, unterbrach ich ihn. Dann rief ich nach hinten: »Wollen Sie nicht herauskommen und mir ins Gesicht sehen? Oder sind Sie alle Feiglinge und Lügner?«

»Harte Worte, Miss Nestleton«, sagte Hume Krispus, der ins Zimmer trat.

Seine Frau Jane war einen Schritt hinter ihm. Sie schwieg.

»Harte Worte scheinen angemessen«, erwiderte ich. »Also, will denn keiner von Ihnen zugeben, daß Sie John Cerise gekannt haben? Oder, was noch wichtiger ist, mir sagen, warum er ermordet wurde?«

»Bitte, gehen Sie«, sagte Merlin nur. »Wir haben Ihnen nichts mehr zu sagen.«

»Das nächste Mal werden Sie nicht so leicht davonkommen«, sagte ich und bemühte mich, drohend zu klingen, hart.

»Bringen Sie uns nicht dazu, die Polizei zu rufen, Miss Nestleton«, sagte Hume.

Ich lachte ihn aus. »Ach, ich glaube, das werden Sie nicht tun wollen, nicht wahr?«

»Bitte gehen Sie«, wiederholte Merlin langsam, »und lassen Sie unsere Familie in Ruhe.«

Was für eine Wahl hatte ich?

Ich drehte mich um und ging.

Ich hatte es vermasselt, wie Tony Basillio gesagt haben würde.

Und er hätte recht gehabt. Ich hatte es vermasselt. Ich hatte die Beherrschung verloren. Meine Drohungen hatten nicht gewirkt.

Ich ging zur nächsten Kreuzung, wo ich ein paar Minuten dastand und zu entscheiden versuchte, was ich als nächstes tun sollte.

Familien. Familien waren heikel. Sie mochten untereinander zerstritten sein wie Hund und Katze. Bruder gegen Bruder. Mutter gegen Tochter. Alle möglichen Kombinationen. Doch dann konnten sie plötzlich beschließen, loyal zu sein, um jeden Preis zusammenzuhalten – selbst, wenn es einem schrecklichen Ziel diente. Väter warfen sich vor ihre kriminellen Söhne und ließen sich an ihrer Stelle erschießen. Es gab Ehefrauen, die mit Freuden logen, um ihren Männern ein dringend benötigtes Alibi zu liefern. Andere wiederum würden ihrem Ehepartner am liebsten mit eigenen Händen den Hals umdrehen. Es war alles so schwer vorherzusagen.

Diese Familie Kripus war ein echtes Problem.

Doch an jenem Tag war jemand in der Krispus-Wohnung gewesen, der kein Familienmitglied war: der schmierige Möchtegern-Verführer namens Luther.

Luther Kaminecki hatte meine Handfläche betrachtet und wie durch Zauberei erklärt, daß ich Schauspielerin sei.

Zum Glück glaubte ich nicht an Zauberei.

Vielleicht würde Kaminecki ebenfalls ein Problem darstellen. Wenn er anmaßend genug war, um Merlins Ausdruck zu verwenden, sich als Mitglied der Familie

Krispus zu betrachten, würde ich auch bei ihm gegen eine Mauer laufen.

Andererseits hatten sie ihn nicht gerade besonders liebevoll oder familiär behandelt. Vielleicht nahm er ihnen das übel. Wenn er es ihnen übel genug nahm, könnte ich ihn vielleicht dazu bringen, mit mir über die Familie Krispus und John Cerise zu sprechen – immer vorausgesetzt, daß er mehr wußte, als er vorgab.

Es könnte gelingen. Auf jeden Fall war es einen Versuch wert. Falls ich ihn ausfindig machen konnte.

Vor meinem geistigen Auge tauchten die vielen Zeitungsartikel auf, die ich gelesen hatte, als Peter Nelson Krispus' Testament bekannt geworden war.

In einigen von ihnen war nebenbei erwähnt worden, daß Luther Kaminecki an einer Biographie von P. N. Krispus arbeitete. Ich glaubte mich zu erinnern, daß die *Post* Kaminecki als Teilzeit-Lehrer bezeichnet hatte. Ich versuchte mich zu entsinnen, wo er unterrichtete.

Merlins Geschäft befand sich im Herzen von Chelsea. Ich wußte, daß kaum zehn Gehminuten entfernt eine öffentliche Bücherei war. Dort würde ich die Ausgabe finden, die ich suchte.

Ich war schon ein paarmal auf dem sogenannten Campus des Hunter College gewesen. Da sich die Schule im Herzen eines der belebtesten Bezirkes der Stadt befand, in der Mitte der Lexington Avenue, brauchte man schon ein wenig Phantasie, um es einen Campus zu nennen.

Es dauerte eine Weile, bis ich den Stundenplan entziffert hatte, den mir die junge Frau in die Hand drückte, aber schließlich konnte ich feststellen, daß Luther Kaminecki zweimal die Woche an der Hochschule war. An einem Tag unterrichtete er ›Einführung in die Theaterwissenschaften', am anderen hielt er eine Vorlesung über Gilbert und Sullivan. Heute war Gilbert-und-Sullivan-Tag.

Sein Büro war im dritten Stock. Als ich hinkam, läutete gerade die Glocke, die den Unterrichtsbeginn ankündigte.

Ich sah ihn hastig die Bürotür hinter sich abschließen und zur Treppe eilen. Ich rief ihn laut beim Namen.

Luthers Augen weiteten sich, als er mich erblickte. Dann verzog sich sein Gesicht zu einem vielsagenden Grinsen.

»Was für eine Freude!« rief er, bevor ich ein Wort sagen konnte. »Das ist doch die schöne Schauspielerin aus ... aus ... äh ...«

»Minnesota«, sagte ich.

»Was?«

»Vergessen Sie's, Mr. Kaminecki. Ich weiß, Sie haben es eilig, aber dürfte ich Sie trotzdem eine Minute stören?«

»Ich fürchte, nein, meine liebe Miss ...«

»Alice Nestleton«, half ich ihm weiter.

Mr. Kaminecki schien gerne so zu tun, als könne er sich keine Namen merken.

»Ach ja. Was für ein schöner Name«, meinte er gönnerhaft. »Aber ich komme zu spät zum Unterricht, Madam. Meine Studenten warten.«

»Ja, das verstehe ich, Mr. Kaminecki. Und wenn Sie mir nur ein paar Fragen über die Familie Krispus beantworten könnten, lasse ich Sie auch gleich gehen.«

Sein Blick verschleierte sich. »Krispus. O ja, Krispus. Was für ein Verlust, was für ein Verlust«, sagte er kopfschüttelnd.

»Hm. Wirklich. Aber ich dachte eher an Merlin Krispus als an den verstorbenen Peter Nelson.«

»Merlin? Was ist mit Merlin?«

»Ich habe entdeckt, daß er John Cerise kannte, den Mann, den Adda Krispus erschossen hat. Sie erinnern sich doch daran, nicht wahr, Mr. Kaminecki? Und Sie erinnern sich auch, daß ich Johns Namen genannt habe?«

Er ließ sich Zeit mit seiner Antwort. »Vielleicht.«

»Also, Merlin behauptet, John Cerise nicht zu kennen. Haben Sie dafür eine Erklärung? Oder auch nur eine Vermutung?«

Ich hatte mich langsam weiterbewegt, so daß ich ihm jetzt den Weg zur Treppe versperrte.

Kaminecki setzte wieder sein Lausbubenlächeln auf. »Meine Liebe, ich glaube, ich kann mich vielleicht doch an Mr. Cerise erinnern. Wo war ich bloß mit meinen Gedanken? Mr. Cerise – was interessanterweise auf französisch ›Kirsche‹ bedeutet – war Peters Lieblingsmasseur, nicht wahr? Der Mann, der immer wie ein Engel in einer weißen Sporthose kam und die Schmerzen des Meisters so sehr linderte. Er war ein strammer junger Bursche, nicht wahr – etwa fünfundzwanzig Jahre alt? Blond?«

»Was für ein Gedächtnis Sie doch haben, Mr. Kaminecki«, sagte ich scheinheilig. »Bedeutet dieses Märchen, daß Merlin Sie bereits angerufen und davor gewarnt hat, mit mir zu sprechen?«

Jetzt zog er eine Brille aus der Westentasche und setzte sie auf, was ihm das typische Aussehen eines zerstreuten Professors verlieh.

Plötzlich verschwand seine Zerstreutheit, und er musterte mich von oben bis unten wie ein Hund einen Knochen. Dann sagte er abschätzig: »Ich persönlich bevorzuge ja häßliche Schauspielerinnen«, und rückte seine Brille zurecht.

»Jetzt muß ich aber laufen, meine reizende Miss Nettleton. Ich bin schon sehr spät dran.«

»Nicht *Nettleton*, lieber Mr. Kaminecki«, korrigierte ich ihn, selbst ein wenig gönnerhaft. »Das ist eine andere reizende Schauspielerin.«

Dann sauste er davon, wie von Furien gehetzt.

Pancho und Bushy waren ein wenig eingeschnappt. Sie erwarten mich zu einer bestimmten Zeit zu Hause, und wenn ich nicht plangemäß erscheine, sind sie beleidigt.

Ich fuhr ein schweres Geschütz auf: die Katzenfutterdose für 79 Cent. Das besänftigte sie ein bißchen.

Dann trank ich einen Liter Apfelsaft direkt aus der Flasche.

Ich war müde. Müde und frustriert.

Ich hatte gerade meine Schuhe ausgezogen und mich auf dem Bett ausgestreckt, als das Telefon läutete.

Ich ließ den Anrufbeantworter arbeiten. Nach dem Signalton hörte ich Noras Stimme.

Mitten in ihrer Nachricht – sie schalt mich heftig aus, weil ich sie über die »Eskapade» nicht auf dem laufenden hielt – hob ich ab.

Sie hörte ruhig zu, während ich ihr die Ereignisse des Tages schilderte: daß ich in Merlins Geschäft gegangen war; daß überraschend Hume und Jane Krispus aufgetaucht waren; daß ich Kaminecki im College gefunden hatte; was für eine blöde Show er abgezogen hatte.

»Also«, meinte sie seufzend, als ich mit meiner Geschichte zu Ende gekommen war, »alles, was ich sagen kann, ist ›ts, ts, ts, Alice.‹«

»Was meinst du damit?«

»Ich meine, du warst heute wohl kaum die perfekte kleine Privatdetektivin, nicht wahr? Du hast niemanden bestochen, eingeschüchtert oder zusammengeschlagen, und du hast nicht mit einem einzigen Verdächtigen geschlafen.«

»Ach, das. Nun, du erinnerst dich vielleicht, Nora, daß du auf Sam Spade fixiert bist. Nicht ich.«

»Das mag ja stimmen, Liebes. Aber Sam bleibt zumindest immer am Ball.«

Das war wohl jetzt eine Beleidigung, dachte ich.

»Worauf willst du eigentlich hinaus, Nora?«

»Ich sage nur, du gehst in die falsche Richtung. Du vergeudest deine Zeit.«

»Wie bitte? Wer ist hier die Detektivin, Nora – du oder ich?«

»Ruhig Blut, Alice. Ich will damit sagen, daß die verrückten Mitglieder der Familie Krispus *im Augenblick* vergeudete Zeit sind. Sie werden dir nichts sagen. Vergiß einmal ihre Geheimnisse und konzentriere dich auf die Geheimnisse deines Freundes John.«

Ich hörte zu, ohne ein Wort zu sagen, und dachte über ihre Worte nach.

»Vielleicht«, sagte Nora, »war er ja gar nicht dein Freund.«

»Doch, Nora. John war mein Freund.«

»Sicher. Aber vielleicht war dein Freund nicht John. Vielleicht hattest du keine Ahnung, wer der Mann wirklich war.«

Also hatte ich John Cerise überhaupt nicht gekannt. Das war ein bestürzender Gedanke. Doch leider verstand ich genau, was Nora meinte.

Es schmerzte ein wenig, aber sie übertraf mich – beim Denken und beim Ermitteln.

Nach meiner Unterhaltung mit Nora rief ich wieder bei Glenda Fuchs an und erkundigte mich nach ihrem

Befinden. Sie war auf dem Weg der Besserung. Und mit ihrem Gedächtnis war alles in Ordnung; sie blieb dabei, daß John in einer Untermietwohnung in der West End Avenue gelebt hatte. An die genaue Adresse konnte sie sich nicht erinnern, aber sie war sicher, daß das Haus an der Ecke zur 92nd Street stand.

Ich bedankte mich, wünschte ihr alles Gute und legte auf.

Ich war müde und wollte schlafen, aber ich konnte meine Gedanken nicht abstellen. Je mehr ich über Noras Theorie nachdachte, desto vernünftiger kam sie mir vor.

Und desto nervöser und zerrissener wurde ich.

Ich hatte nie vorgehabt, in Johns Leben herumzuschnüffeln. Es war respektlos. Und gefährlich.

Und wenn ich alle möglichen schrecklichen Dinge über ihn herausfand? Zum Beispiel, daß er ein Scheckfälscher war ... ein Bigamist ... ein Mörder.

Das würde meine Erinnerung an ihn zerstören. Es würde bedeuten, daß nichts echt gewesen war. Daß ich getäuscht worden war.

Aber ich mußte aufhören, so zu denken – an mich selbst zu denken. In diesem Fall ging es nicht um mich. Es ging darum, die Antwort auf den Mord an John zu finden. Es ging um Gerechtigkeit für John – wer immer er war.

9

Am nächsten Vormittag traf ich mich mit Nora im Riverside Park.

Jeder Tag dieses Frühherbstes war noch klarer und schöner als der vorherige.

Wir setzten uns auf eine Bank, tranken Kaffee aus

Pappbechern und sahen den Kindern beim Spielen zu. Wir überlegten, wie wir uns Zutritt zu der Wohnung verschaffen konnten, in der John Cerise gelebt hatte, bis Adda Krispus seinem Leben ein Ende gesetzt hatte.

»Kein Problem«, sagte Nora leichthin. »Macht fünfzig Dollar.«

»Fünfzig Dollar wofür?« fragte ich.

»Für den Türsteher natürlich.«

»Oh, ja. Richtig!«

Wir wußten, daß es an der Kreuzung 92nd Street / West End Avenue an zwei der vier Ecken riesige Wohnhäuser gab. An der dritten Ecke stand ein Gebäude bescheidenerer Größe. Und an der vierten ein dreistöckiges Sandsteingebäude, das leerstand und renoviert wurde.

Wir überlegten, daß es ein zu unwahrscheinlicher Glücksfall wäre, wenn John in dem kleinen Haus gewohnt hätte. Darauf konnten wir nicht hoffen. Es mußte eines der Ungetüme sein.

Nora war sehr elegant gekleidet – Pelzjacke, Stöckelschuhe, frisch lackierte rote Fingernägel und so weiter. Als wir am Morgen miteinander gesprochen hatten, hatte sie vorgeschlagen, daß ich mich ebenfalls herausputzen sollte. Ich ahnte, warum sie mich darum bat, also tat ich es. Unsere Gedanken liefen inzwischen dermaßen in gleichen Bahnen, daß es schon ein wenig beunruhigend war.

Ich hatte vergessen, was für eine gute Schauspielerin Nora sein konnte. Verdammt, ich hatte schon fast vergessen, wie gut ich selbst war. Wir legten eine gute Leistung hin. Der springende Punkt war, daß wir halb hochmütig und halb konfus wirken mußten.

Wir erklärten dem Türsteher des ersten Gebäudes, wir

seien mit dem eigentlichen Mieter der Wohnung, die jetzt ein Mr. John Cerise bewohnt hatte, befreundet und in Westchester seine Nachbarn. Wir wüßten, daß Mr. Cerise vor kurzem gestorben war. Da sich der eigentliche Mieter der Wohnung im Augenblick in Europa befände, hätten wir ihm versprochen, die Wohnung im Hinblick auf eine Neuvermietung zu inspizieren. Das Problem sei, wir hätten die genaue Adresse daheim in Westchester vergessen. Wir wüßten nur, daß das Haus an einer dieser vier Ecken stünde.

Der ältere Herr in Uniform verstand kein Wort. Er hatte keine Ahnung, wovon wir sprachen.

Bob Heath, der Hausverwalter des riesigen Gebäudes gegenüber, der eher aussah wie ein leitender Angestellter eines großen Konzerns als wie ein Hausverwalter, erkannte den Namen Cerise auf der Stelle.

»Nein, nein, meine Damen«, korrigierte er uns. »Sie meinen nicht den eigentlichen *Mieter*. Sie meinen den eigentlichen Besitzer.«

»Selbstverständlich meine ich den Besitzer«, fauchte ihn Nora an. »Genau das habe ich auch gesagt – *Besitzer.*«

»Natürlich hast du das gesagt, Loretta«, pflichtete ich ihr bei und warf dem Hausverwalter einen empörten Blick zu.

Dann zog ich die Schlüssel meiner eigenen Wohnung aus der Tasche und wedelte ihm damit vor dem Gesicht herum.

»Wenn Sie uns nur zeigen würden, wo sie ist …«, sagte ich zu Mr. Heath. Das ganze war schrecklich dick aufgetragen – aber es funktionierte.

Wir fuhren mit dem Aufzug in den achten Stock.

»Besten Dank«, sagte ich beiläufig, als er uns zu Wohnung 8-E brachte. Und begann an dem Türschloß herumzufummeln.

»Ach, um Himmels willen, Helen!« schrie mich Nora an. »Sag bloß nicht, du hast die falschen mitgenommen. Komm, zeig sie mir … Verdammt, genau, wie ich dachte! Das sind doch die Schlüssel zum Pool-Haus. Was machen wir jetzt? Oh, warten Sie, warten Sie, Mr. Heath!«

Mr. Heath konnte es sich nicht verkneifen, herablassend zu werden. Er behandelte uns als genau die dussligen Dinger, die zu sein wir vorgaben. Aber am Ende schloß er die Tür für uns auf.

Als Dank für seine Hilfe griff Nora beiläufig in ihre Handtasche, kramte ein bißchen darin herum und zog schließlich einen knisternden fünfzig-Dollar-Schein heraus, den sie ihm in die Hand drückte. Er blickte ihn ein paar Sekunden – sehr zärtlich – an.

Mr. Heath sagte uns, wir sollen ihn anrufen, wenn wir gehen wollten, damit er hinter uns abschließen könne.

Und da sei noch etwas, sagte er.

Wir drehten uns gleichzeitig zu ihm um.

Er hätte angenommen, daß die Wohnung jetzt fast leer sei, da vorige Woche Mr. Cerises Bruder gekommen sei, um alles durchzusehen. Doch wie wir sehen könnten, seien Johns Sachen noch immer da.

Er konnte sich nicht erklären, warum Johns Bruder »sein ganzes Zeug hiergelassen« hatte, hoffte aber, daß wir nicht von ihm erwarteten, daß er alles wegschaffte.

»Nein«, versicherte ich ihm. »Wir kümmern uns schon darum, Mr. Heath.«

Als Mr. Heath die Tür hinter sich schloß, wechselten Nora und ich einen Blick.

Also war letzte Woche ein Phantom-Bruder aufgetaucht. Das konnte mir keiner weismachen.

Es war nicht sehr wahrscheinlich, daß John einen Bruder hatte, der plötzlich aus dem Nichts erschien. Wo war dieser Bruder jetzt? Warum hatte er sich nicht mit Johns Freunden in Verbindung gesetzt? Warum hatte er kein Begräbnis arrangiert?

Wir durchsuchten die Wohnung sorgfältig, konnten aber nichts Ungewöhnliches entdecken. Ja, natürlich gibt es in jeder Wohnung irgend etwas Peinliches – ein geschmackloses Bild, ein schrulliges Möbelstück, eine Dose mit salzarmen Oliven –, das man sonst nirgendwo findet. Solche Dinge gab es auch in Johns Wohnung. Aber wir fanden nichts Faszinierenderes als eine billige mexikanische Vase auf dem Fensterbrett im Badezimmer.

Ich sah die Schallplatten und Musikkassetten auf dem Teppich neben der Stereoanlage durch. Es war alles da, was man an klassischer und populärer Musik in der Wohnung eines jeden Erwachsenen erwarten würde – Beethovens Neunte ... Ella Fitzgerald.

Dann entdeckte ich eine Kassette, die offenbar für Kinder war. Der Rücken war mit der Hand beschriftet, es war keine im Handel erhältliche Kassette.

Dumbo stand darauf.

»Dumbo war doch ein Elefant, nicht wahr? Ein Elefant in einem Cartoon?«

»Nicht in einem Cartoon«, korrigierte mich Nora. »In einem Zeichentrickfilm. Es war ein Disney-Film, in den fünfziger Jahren.«

Es mußte wohl die Musik – die Filmmusik – sein. Also, *das* war schon ein bißchen schrullig.

Klang so gar nicht nach Johns Geschmack.

Ich überlegte, ob *Dumbo* wohl Johns Lieblingsgeschichte gewesen war, als er noch Kind war. Aber nein, er war ja in den fünfziger Jahren kein Kind mehr gewesen.

Plötzlich hatte ich das Bedürfnis, mir die Kassette anzuhören, doch als ich die Hülle öffnete, war sie leer.

Als ich noch eine handbeschriftete Kassette entdeckte, sah ich mir die ebenfalls genauer an.

Pinocchio.

Die Hülle war ebenfalls leer.

Genau wie *Schneeweißchen und Rosenrot.*

Und wie *Rotkäppchen.*

Vielleicht hatte John doch einen Bruder und viele Nichten und Neffen.

Im letzten Augenblick hatte ich noch die Idee, in den Kassettenrecorder der Stereoanlage hineinzusehen; vielleicht lag da eine der Kassetten drin.

Kein Glück.

Wir suchten weiter.

Wir fanden eine alte Ansichtskarte von einer Freundin, die John liebe Grüße von ihren Flitterwochen auf den Bahamas schickte.

Wir fanden ein, zwei Einkaufslisten.

Wir fanden Unmengen unlesbare Notizen auf USK-Notizpapier.

Und wir fanden eine Quittung über 30 Dollar von einem Tanzstudio am Broadway. Für eine ganze Woche Tanzunterricht!

Noch eine unerwartete Schrulle. Ich konnte mir John Cerise nicht beim Tanzen vorstellen.

»Wo ist dieses Studio, Nora? Weißt du das?«

Sie sah sich die Adresse an. »Ja, ich glaube schon. Es ist eines der Studios in diesem Viertel.«

»In welchem Viertel?«

»Ach, am Broadway, in der Nähe der Theater, gibt es eine Reihe von Loft-Studios. Du weißt schon, Proberäume, Ballettschulen, Steppkurse, Yoga, Aerobic. Wenn man nicht nach oben schaut, bemerkt man sie gar nicht. Sie befinden sich meist über Geschäften oder Restaurants.«

»Was hältst du davon, daß wir mit unseren Damen aus Westchester auf Tournee gehen?« fragte ich.

»Bin bereit«, antwortete sie.

»Seien wir doch kühne Damen aus Westchester – fahren wir mit der U-Bahn«, schlug ich vor.

Die Fahrt dauerte kaum sechs Minuten. An der IRT-Station an der 50th Street stiegen wir aus und gingen zwei Straßen weiter den Broadway hinauf, zum Legs Dance Studio an der 52nd Street.

Wohin wir auch sahen, war jemand in einem Trikot, der Dehnübungen machte, sich hinhockte, Pirouetten drehte oder Evian trank.

»Ich schäme mich so, Alice«, sagte Nora leise zu mir. »Ich bin entsetzlich außer Form geraten.«

»Keine Sorge«, antwortete ich. »Kein Mensch achtet auf uns. Sie glauben, wir wollen unsere Töchter abholen ... oder die Töchter unserer Töchter.«

»Das baut mich wirklich auf«, versetzte Nora.

»Kann ich Ihnen helfen?« fragte eine geschmeidige Frau mittleren Alters mit Stirnband, die ein türkises Trikot trug.

Ich hielt die Quittung über 30 Dollar in der Hand, die wir gefunden hatten.

»Ich glaube schon«, antwortete ich. »Mein Name ist Alice Nestleton. Das ist meine Freundin Nora Karroll.«

»Oh, ja«, sagte sie und sah Nora aufmerksam an. »Sie sind *wirklich* Nora Karroll! Sie waren doch in dieser Charles Strouse-Inszenierung, nicht wahr? 1965 ... oh, Augenblick mal ... vielleicht noch früher ... 1963, ja?«

»Fünfundsechzig reicht«, sagte Nora lächelnd.
»Sie waren unheimlich gut. Es freut mich, Sie kennenzulernen. Treten Sie noch auf?«
»Du liebe Güte, nein«, sagte Nora ein wenig traurig.
»Schade. Übrigens, mein Name ist Mia Hanson. Ich unterrichte Jazztanz und Yoga.«
»Sehr erfreut«, sagte ich.
»Haben Sie beide beschlossen, einen kleinen Auffrischungskurs zu machen? Wieder in Form zu kommen?« fragte Mia.
»Nein, das nicht«, antwortete ich. »Eigentlich wollten wir fragen, ob Sie einen Freund von mir kannten, der vor kurzem gestorben ist: John Cerise.«
Der Name schien sie zu erschrecken.
»Ja«, sagte Mia. »Natürlich kannte ich John. Seit vielen Jahren. Also, ich kann nicht sagen, daß er ein enger Freund war, aber er kam die letzten zwanzig Jahre oder so regelmäßig ins Studio. Er war ein reizender Mann. Ich mochte ihn sehr.«
»Also können Sie bestätigen, daß diese Quittung von Ihrem Studio stammt?« Ich reichte ihr den Schein.
»Oh, ja. Er hat entweder monatlich oder wöchentlich bezahlt. John war ein klassischer Tänzer, von der alten Schule. Er ist seit über zwei Jahrzehnten nicht mehr in einem Broadway-Ballett aufgetreten, aber er ließ sich nicht gehen.«
Ich war fassungslos. Absolut, total fassungslos.
»Haben Sie gesagt, am Broadway?« flüsterte ich.
»Ja«, antwortete Mia.
»Haben Sie gesagt, in einem Broadway-Ballett?«
»Ja«, wiederholte sie verwirrt. »Wußten Sie nicht, daß er Tänzer war?«
Ich schüttelte bloß den Kopf.

»John war ein Profi«, sagte Mia bewundernd. »Wie gesagt, er nahm Unterricht, hielt sich in Form, bis ganz zum –«

Ihre Augen wurden feucht; sie verstummte einen Augenblick, bis sich der Kloß in ihrem Hals aufgelöst hatte.

»Noch Wochen, nachdem es passierte, wußte ich nicht einmal, daß er ... tot ist. Ich fragte mich schon, was geschehen war. Eines der Mädchen sagte es mir. Sie hat es drüben im *Cozy* gehört. Ich bin keine große Zeitungsleserin, wissen Sie.«

Ich nickte und nahm die Quittung wieder.

»Wie heißt das Lokal, das Sie eben erwähnt haben – *Cozy*?« fragte ich.

»Es ist eine Kneipe. Sie wird von vielen jungen Leuten besucht. Ich trinke keinen Alkohol mehr. War seit Jahren nicht mehr dort.«

»Können Sie mir sagen, wo es –«

Nora unterbrach mich. »Ist schon okay«, sagte sie. »Ich weiß, wo es ist.«

10

Als wir durch die Tür der dunklen, höhlenartigen Kneipe in der 9th Avenue traten, beschwor gerade Evita Perón – auf Kassette natürlich – in einem Lied Argentinien, sie nicht zu beweinen.

Anscheinend hatte die Geschäftsleitung des *Cozy* eine Vorliebe für Musical-Melodien.

Nora bestätigte, was Mia gesagt hatte. Viele junge Broadway-Sänger und -Tänzer – und eine Menge Leute, die sich in ihrem Dunstkreis aufhielten – gingen ins *Cozy* trinken. An manchen Wochenenden fanden im

Hinterzimmer Probeaufführungen statt. Junge Kabarettisten probierten hier häufig vor einem freundlichen und wohlwollenden Publikum, das aus Kollegen und Kumpeln bestand, ihre neuen Nummern aus.

»Ich komme nicht sehr oft her«, sagte Nora, »aber ich kenne den Barkeeper. Er hat mir ein paar Mal im Bistro ausgeholfen, wenn ich zu wenig Personal hatte. Netter Typ. Ob er mich in meiner Verkleidung als reiche Matrone erkennen wird?«

Ich hörte Nora nur mit halbem Ohr zu. Irgend etwas ließ mir keine Ruhe, irgendeine vage Erinnerung. »Dieses Lokal kommt mir seltsam vertraut vor«, sagte ich, als wir die dunkle Holztheke entlanggingen. »Ich weiß, ich war noch nie hier, aber es hat so ... irgend etwas.«

»Ich glaube, das war früher mal eine schreckliche Kaschemme«, sagte Nora, »anno dazumal. Jede Nacht Messerstechereien und so was. Kaum die Art Lokal, das ein wohlerzogenes Mädchen aus Westchester wie du frequentiert hätte.«

»Natürlich!« sagte ich. »Genau daran erinnere ich mich. Damals, als wir alle den Workshop besuchten, hatte diese Kneipe einen sehr schlechten Ruf. Ich glaube, Tony war vielleicht ein-, zweimal hier, um zu beweisen, daß er genauso ein Macho war wie jeder andere Bewohner des Times Square.«

»Ach, wirklich? Und was ist passiert?«

»Daran kann ich mich nicht mehr erinnern. Aber ich wette, wenn er Zeuge einer Messerstecherei wurde, ist er sicher nicht wiedergekommen.«

Wir lachten beide.

»Schauspieler!« sagte Nora ärgerlich und liebevoll zugleich. »Sie sind genauso schlimm wie Ballettänzer, wenn es darum geht, zu beweisen, daß sie nicht ... na ja ... schwul sind.«

»*Daran* bestand für mich bei Tony niemals ein Zweifel. Eigentlich eher das Gegenteil. Er ist wohl mit ein paar Hormonen mehr gesegnet – oder gestraft. Er kann ein bißchen zwanghaft sein in bezug auf ... Liebe. Was genauso unangenehm sein kann wie ein Typ, dessen Typ man nicht ist.«

»Guter Titel für ein Lied, Alice ... ›Irgendwas stimmt nicht mit meinem Typen, sein Typ bin ich nicht.‹ Das muß ich mir aufschreiben.« Sie holte einen Kugelschreiber hervor und tat es.

»Also, apropos Männer, Alice«, meinte Nora kryptisch.

»Fang nicht wieder mit Lieutenant Stoner an, Nora. Ich habe seinen Anruf noch immer nicht beantwortet.«

»Seine Anrufe, meinst du wohl«, neckte sie mich.

»Schön. Anrufe. Er hat zweimal eine Nachricht hinterlassen und mich zum Abendessen eingeladen. Aber im Augenblick kann ich einfach nicht an so was denken.«

»Und was ist mit Tony? Ist das der Anruf, auf den du in Wirklichkeit wartest? Noch immer?«

Ich zuckte die Achseln. Es gab nichts über Tony zu sagen. Es war entweder zu spät oder zu früh, um an ihn zu denken.

Es war ziemlich früh am Nachmittag, aber es waren doch etliche Gäste da ... die meisten aßen Hamburger und tranken eine Bloody Mary oder Bier aus Bierkrügen. Für viele Schauspieler, besonders wenn sie Arbeit hatten, war jetzt Frühstückszeit.

Ich sah mich in dem renovierten Raum um. Ich entdeckte keine Musikbox. Aber es lief ein Tonband mit einer schönen Melodie.

»Was ist das für ein Lied, Nora? Es gefällt mir.«

»Es ist aus *Pacific Overtures.* Du weißt schon, Sondheim. Ich liebe ihn.«

»Gilt er nicht als eine Art intellektueller Komponist? Du weißt, wie wenig Ahnung ich von Musik habe.«

»Intellektuell? Ich weiß nicht – wahrscheinlich könnte man ihn so bezeichnen. Er ist anders, soviel steht fest. Kultiviert. Kein anderer schreibt solche Lieder. Obwohl es viele versuchen. Verdammt, ich weiß nur, daß ich ihn mag. Wäre ich fünfzehn Jahre jünger, hätte ich vielleicht die Hauptrolle in einer seiner Shows.«

»Du bist doch kein Dinosaurier, Nora. Warum solltest du nicht jetzt in einer seiner Shows auftreten können?«

Sie lachte. »Nun, ich könnte wahrscheinlich eine der alten Weiber in *Follies* spielen. Oder die Desiree.«

»Wer ist das?«

»Die alternde Schauspielerin – die Geliebte – in *Night Music.* Glynis Johns hat sie am Broadway gespielt. Du weißt schon ... *A Little Night Music.*«

Ich schüttelte den Kopf. »Tut mir leid. Ich habe dir gesagt, daß du mit einer Frau sprichst, die keine Ahnung hat.«

»Nun, nicht in jeder Hinsicht«, entgegnete sie großmütig. »Von Ermittlungen hast du sehr wohl eine Ahnung. Und sobald wir unsere Drinks bekommen, habe ich ein paar Fragen an dich.«

»Aber kann ich sie auch beantworten?« fragte ich. »Es geht um John Cerise, nicht wahr? Und was heute geschehen ist. Eigentlich habe ich selbst wahrscheinlich genau dieselben Fragen.«

»Also, was ist jetzt nach reiflicher Überlegung deine Meinung?« fragte Nora. »Was war so Besonderes daran, daß er Tänzer am Broadway war? Was glaubst du, warum dir John das nicht gesagt hat?«

»Gute Frage, Nora. Vor allem, wo er genau wußte, daß ich selbst in diesem Geschäft war. Das wäre doch um so mehr Grund für ihn gewesen, es mir zu erzählen.«

»He, Nora!«

Plötzlich stand ein muskulöser Mann um die vierzig mit hellem Haar an unserem Tisch.

»Gus!« begrüßte ihn Nora herzlich. »Wie geht es dir? Das ist meine Freundin Alice.«

Wir schüttelten einander die Hand.

»Du siehst toll aus, Nora. Wie läuft das Geschäft?« fragte er.

»Nicht schlecht. Ich werde dir gleich all den Klatsch erzählen. Aber vorher sag mir, wen muß man hier kennen, um einen Drink zu bekommen?«

»Oh, entschuldige, Schätzchen. Ich kümmere mich persönlich darum. Was trinkt ihr?«

»Was ganz Einfaches. Zwei Bier – okay, Alice? Und bring uns die Speisekarte.«

Gus eilte davon.

»Ich glaube, ich kann erraten, was deine nächste Frage ist«, sagte ich zu Nora. »Nämlich: War John irgendwie kriminell? Verschwieg er seine Vergangenheit als Tänzer, weil damit irgend etwas Zwielichtiges verbunden war?«

»So weit, so gut«, sagte sie. »Das war Frage Nummer zwei.«

»Die nächste«, fuhr ich fort. »Und das ist eine große Frage, eine wichtige Frage: Hatte John etwas mit Peter Krispus' geheimem Vermögen zu tun?«

»Absolut richtig.«

»Und schließlich, war der mysteriöse Bruder, der in der Wohnung Johns Sachen durchsuchte, in Wirklichkeit einer der Krispus-Brüder – oder vielleicht sogar dieser verrückte Luther Kaminecki?«

»Bingo! Gebt dem kleinen Mädchen ein Bonbon. Genau das sind meine Fragen.«

Und meine auch, dachte ich.

Gus kam mit unseren Getränken, und er und Nora lachten eine Weile über einen gemeinsamen Bekannten, einen Koch, der von einem eifersüchtigen Ehemann aus der Stadt gejagt worden war.

Wir bestellten Hamburger.

Am Ende der Theke stand eine besonders lebhafte Gruppe von Gästen – drei junge Männer, die Barbra Streisand imitierten, wie sie die Nationalhymne sang.

Ab und zu verirrte sich ein Tourist ins Lokal.

Als wir mit unserem Mahl fast fertig waren, ertönte von einem der vorderen Tische tosender Beifall. Ich nahm an, daß irgendeine Berühmtheit die Kneipe betreten hatte, und verrenkte mir den Hals, um zu sehen, wer es war.

Das Mädchen, das den Wirbel verursachte, war mir absolut unbekannt. Sie war jung und recht hübsch, hatte üppige rabenschwarze Locken und trug Jeans, T-Shirt und Lederstiefel. Auf mich wirkte sie nicht wie ein Superstar, aber ich war auch nicht auf dem laufenden.

Ich schaute hilfesuchend zu Nora, doch sie zuckte nur die Achseln.

Gus verriet uns, wer das war: *Das,* sagte er, sei eine frischgebackene Millionärin. »Das ist Bobbi Ann Budd.« Wir hatten die junge Tänzerin vor uns, die Peter Nelson Krispus zu seiner Testamentsvollstreckerin ernannt hatte; sie war zuständig für »die Millionen, die er seinen beiden glücklichen Katzen hinterlassen hatte«.

Nora und ich rückten näher zusammen und sahen zu,

wie sich Miss Budd an die Theke setzte. Ihre Freunde umringten sie, klopften ihr auf die Schulter, zogen sie auf, lachten, bestellten Getränke und ließen sie hochleben.

Gus nahm den Kneipenkater, einen großen grauen Haudegen, hoch und setzte ihn Bobbi Ann auf den Schoß.

»Tu ihm einen Gefallen, ja, Bobbi Ann? Nimm ihn mit und laß ihn bei den reichen Katzen wohnen. Oder gib ihm wenigstens einen Job als Butler.«

»Keine Chance«, sagte sie lachend. »Freddy Boy ist zu alt und zu ramponiert. Tut mir leid, aber er ist einfach nicht wie wir. Was würden die anderen Katzen im Katzen-Country-Club sagen?«

Diese Beleidigung quittierte der alte graue Kater mit lautem Miauen. Er versetzte Bobbi Ann Budd einen Schlag und flitzte dann in die Küche.

Wieder schloß sich die Menschenmenge um Bobbi Ann. Wir konnten keine weitere Unterhaltung mehr hören.

Wir waren bereit, zu zahlen, aber als Nora die Hand hob, um unserer Serviererin ein Zeichen zu geben, packte ich ihr Handgelenk und zog es heftig wieder auf den Tisch hinunter.

»Was ist los?« fragte sie beunruhigt.

»Ich habe gerade jemanden entdeckt!« flüsterte ich. »Ich will nicht, daß er uns bemerkt ... jedenfalls nicht mich.«

»Wer ist es?«

»Luther Kaminecki. Schau da rüber – an dem Tisch an der Wand. Er ist sehr an Miss Budd interessiert.«

Ich hatte keine Ahnung, wann er hereingekommen war. Vielleicht hatte er schon die ganze Zeit da gesessen.

»Wow!« sagte Nora. »Okay, dreh dich nicht um. Ich kann ihn beobachten. Er trinkt gerade sein Glas aus. Ich glaube, er will gehen ... Ja, er geht. Was tun wir jetzt?«

»Ich werde ihm folgen. Du behältst den jungen Star im Auge.«

»Okay. Wo treffen wir uns?«

»Genau hier.«

»Soll ich versuchen, sie auszuhorchen?«

Ich konnte mir ein Lächeln nicht verkneifen. Nora lebte sich wirklich in ihre Rolle ein.

»Auf keinen Fall, Nora. Beobachte sie nur. Tu nichts.«

»Aber wenn sie weggeht?«

»Laß sie gehen.«

Luther Kaminecki marschierte ziemlich flott, zielstrebig.

Ich war überrascht, als er an seinem Ziel ankam – einem Musikgeschäft.

Wohlgemerkt, kein so riesiger Laden wie Tower Records, und nicht so durchdrungen von der Popmusik-Atmosphäre wie das Footlight Records oder das Colony. Nein, es war bloß ein bescheidenes Geschäft in der 8th Avenue, das alte 45er führte und bis zur Decke mit CDs und Kassetten vollgestopft war.

Ich kaufte mir im McDonald's gegenüber einen Kaffee und setzte mich an einen freien Platz am Fenster.

Oh, Gott! Es mußte wohl ein Kindergeburtstag sein. Ronald McDonald war da. Die Kinder, die ihn umringten, veranstalteten einen steten, erstaunlichen Krach. Was ist, wenn Luther gern lange herumstöbert? dachte ich. Was ist, wenn ich den ganzen Nachmittag hierbleiben muß, während er in diesem obskuren Laden nach irgendeiner bestimmten Platte sucht? Dann drehe ich durch.

Etwa fünfzehn Minuten später verließ Luther Kaminecki das Musikgeschäft. Wie es schien, hatte er nichts gekauft. Zumindest konnte ich keine Einkaufstüte oder irgendeine andere Tasche sehen. Seine Hände waren nach wie vor leer.

Als nächstes ging er in eine Münzwäscherei in der 9th Avenue. Holte er etwa die Wäsche für den Krispus-Clan ab? Warum nicht? Sie behandelten ihn ja gerne wie eine Art Faktotum.

Oder vielleicht war es seine eigene Wäsche. Ich wußte nicht, wo Luther selbst wohnte. Es wäre irgendwie logisch gewesen, wenn auch er in Hell's Kitchen lebte, im Herzen des Theaterviertels. Es würde bedeuten, daß er in der Nähe seines alten Idols Peter Nelson Krispus gewohnt hatte.

Aber Luther holte keine Wäsche ab. Ungefähr zehn Minuten später, als er aus der Münzwäscherei trat, waren seine Hände noch immer leer.

Stop Nummer drei war ein unscheinbarer kleiner Lebensmittelladen zwischen der 9th und der 10th Avenue – eine *bodega*, wie die New Yorker Latinos es nennen.

Auch hier kaufte er nichts.

Merkwürdig. Entweder war er der pingeligste Kunde der Welt, oder er war das zwanghafteste Klatschmaul der Welt – ging in die Läden seines Viertels, um zu erfahren, was während seiner Abwesenheit in der Gegend passiert war.

Hatte er womöglich in jedem der Geschäfte, die er besucht und mit leeren Händen wieder verlassen hatte, eine Freundin? Aber was für ein Rendezvous dauerte denn nur zehn Minuten?

Nun, Luther Kamineckis letzte Begegnung stellte alle anderen in den Schatten.

Sein letzter Schwatz an diesem Nachmittag fand an einer Straßenecke statt – Ecke 54th Street / 10th Avenue.

Nervös stand Luther eine Minute lang da und wartete, und bald tauchte eine hühnenhafte Frau – sichtlich eine Schöne der Nacht – mit grelloranger, drahtiger Haarmähne, fersenfreien Pumps und einer knallengen Lycra-Hose auf.

Nur, daß es noch nicht Nacht war; es war hellichter Tag. Und die Dame war keine Dame; sie war eindeutig ein Mann!

Die beiden unterhielten sich fünf Minuten lang leise, aber lebhaft miteinander und gingen dann ihrer Wege.

Dieses Programm war für Luther offenbar ermüdend gewesen, weil er danach das erste Taxi nahm, das er sah. Er flitzte damit die 10th Avenue hinauf und entschwand meinem Blick.

Wir hatten beide an diesem Nachmittag ein volles Programm gehabt – er mit seinen Besuchen, und ich mit meiner Überwachung.

Was *er* damit erreicht hatte, wußte ich nicht. *Ich* hatte sehr wenig erfahren. Die ganze Geschichte war jetzt eigentlich nur noch verwirrender.

Daß ich Luther Kaminecki gefolgt war, hatte gewiß keine der Fragen beantwortet, die Nora und ich zuvor gestellt hatten.

Ich lief zu Fuß zum *Cozy* zurück.

Bobbi Ann Budd war schon weg.

Wie mir meine Assistentin berichtete – meine Assistentin war Nora –, war kurz davor ein junger Mann gekommen, wahrscheinlich ihr Freund, hatte mit Bobbi Ann ein Glas getrunken und sie dann mitgenommen.

»Gute Arbeit, Nora«, sagte ich aufmunternd.

»Was für Arbeit? Ich konnte nicht hören, was sie

redeten. Und du hast gesagt, ich soll keinen Kontakt mit ihr aufnehmen.«

»Das stimmt. Wir haben noch genug Zeit, uns mit Miss Budd und ihrer Rolle in diesem Fall zu beschäftigen.«

Fall? Was für ein dummes Wort. Färbte Noras Sam-Spade-Getue jetzt auch schon auf mich ab? John Cerise war kein »Fall«.

»Die junge Miss Budd ist jetzt reich, nicht wahr?« fügte ich hinzu. »Sie wird nirgendwohin gehen. Warum sollte sie?«

»Aha. Nun, ich glaube, deshalb bist du der Boß«, sagte sie.

Gus mixte auch einen sehr guten Negroni. Er brachte mir ein Glas, und beim Trinken berichtete ich Nora von Luther Kamineckis merkwürdigen Besuchen in der ganzen Gegend.

Je später es wurde, desto mehr füllte sich die Kneipe. Die Gäste sangen jetzt fröhlich und lautstark jede Nummer der unerschöpflichen Kassette mit Musical-Melodien mit.

Ich versuchte, mir John Cerise hier unter diesen Menschen vorzustellen ... wie er mit den anderen »Kids« scherzte und aufschnitt. Es fiel mir nicht leicht.

Nora war in ihrem Element. Sie nannte mir die Titel der Shows und erging sich in Erinnerungen an die großen Stars, mit denen sie gearbeitet hatte.

Plötzlich wurde es still im Raum.

Sie spielten eine traurige Nummer.

Ich fragte Nora, was es war.

Sie lachte sarkastisch. »Das ist ein Lied, das du dir merken solltest, Alice.«

»Wie heißt es?« fragte ich.

»›Send in the Clowns‹.«

11

Was für ein beängstigender Laut das war!

Ich sprang aus dem Bett.

Ja, es war ein beängstigender Laut. Aber ich wußte, es bestand keine Gefahr. Ich wußte genau, was es war.

Bushy würgte. Wieder einmal.

Ich schaltete das Licht in der Küche ein und holte schnell seine Medizin aus dem Kühlschrank. Der Tierarzt hatte mir einen Vorrat dieser seltsam riechenden Flüssigkeit für sechs Monate gegeben, die ich dem armen Bushy mittels eines Augentropfers verabreichen mußte, wenn er diese Anfälle hatte.

Kein Grund zur Sorge, hatte der Tierarzt gesagt. Das ist nichts Ungewöhnliches. Ältere Katzen leiden an allen möglichen Magenbeschwerden. Er kann auch allmählich seine Haare verlieren, Verdauungsprobleme bekommen oder nicht mehr so gut sehen wie früher. Das alles war »zu erwarten«.

Die Medizin beruhigte Bushy. Ein paar Minuten jämmerliches Miauen, dann war er wieder ganz der Alte.

Ich hob ihn hoch und hielt ihn fest in den Armen. »So ist's gut, alter Kumpel«, sagte ich und küßte ihn auf den Kopf. »Jetzt geht es dir wieder gut, nicht wahr?«

Sein zufriedenes Schnurren sagte mir, daß es ihm wirklich gut ging.

»Du bist noch immer mein Allerschönster, nicht wahr?« schmeichelte ich. »Ja ... für mich wirst du immer ein gutaussehender Jüngling sein. Egal, wie alt du bist.«

Und da durchzuckte es mich – wie ein Blitz. Eine Erinnerung, ein Bild.

Plötzlich sah ich vor meinem geistigen Auge zwei umwerfend schöne junge Maine-Coon-Katzen, die am

Fußende des Bettes ihres kranken Herren saßen. Die Katzen, die das mysteriöse Krispus-Vermögen geerbt hatten. George Bernard und Shaw.

Was für ein silbernes Bild sie abgaben.

Was stimmt nicht mit diesem Bild?

Dieser Satz ging mir immer wieder durch den Kopf.

Alles! wurde mir klar. Alles.

Ich setzte den dösenden Bushy ab und lief zum Telefon.

Nora schlief. Natürlich schlief sie. Es war sehr spät.

Ich entschuldigte mich, daß ich sie aufgeweckt hatte, und kam dann rasch zu meiner Bitte: Meine beste Assistentin sollte mich morgen in aller Frühe in der Grand Central Station treffen.

»Was ist los, Alice? Oh! Es geht um den Fall, nicht wahr? Es hat etwas mit John zu tun ... oder mit Krispus.«

»Ja«, sagte ich. »Es geht um den Fall.«

»Sag mir nur, wann und wo ich dich treffen soll.«

»Ich habe gehofft, daß du genau das sagst«, antwortete ich. »Bist ein guter Mann, Effie.«

In dem hellerleuchteten Geschäft im Mezzanin der Grand Central Station gibt es mehr Zeitungen und Zeitschriften, als ich je zuvor in meinem Leben an einem Ort gesehen habe.

Jeden nur vorstellbaren Titel. Über jedes erdenkliche Thema. In allen Sprachen. Aus aller Herren Länder. Zeitschriften für Skibegeisterte. Zeitschriften für Fotografen. Zeitschriften für Waffensammler, Zigarrenliebhaber, Bodybuilder, Innenausstatter, Dichter, Holzarbeiter, alleinerziehende Eltern – ganz zu schweigen von den zahllosen Pornoheften und den vielen Schmachtblättern über Filmstars.

Was mich interessierte, waren die Zeitschriften über

Katzen. Besonders über die Zucht und den Kauf von Rassekatzen.

Ich erstand jede Zeitschrift, die irgendwie mit Katzen zu tun hatte – und stellte überrascht fest, wie viele es waren –, und dann gingen Nora und ich in das Kaffeehaus in der Lexington Avenue.

Dort studierten wir die Publikationen. Nora erstellte nach meinen Anweisungen eine Liste aller Züchter, die im Anzeigenteil der Zeitschriften silberfarbene Maine Coons zum Kauf anboten. Es waren insgesamt sieben.

Ich saß eine Zeitlang da, trank meinen Kaffee und betrachtete nachdenklich Noras handgeschriebene Liste.

»Okay, Alice. Ich war doch eine sehr pflichtbewußte Assistentin, meinst du nicht? Ich finde, es ist Zeit, daß du mir verrätst, was wir hier tun.«

»Gleich, Nora. Aber vorher müssen wir noch zwei Besuche machen.«

»Bei wem denn?«

»Im USK-Büro.«

»Warum? Hast du dort etwas vergessen?«

»So könnte man es nennen. Und wenn Leute im Büro sind, werden wir auch genau das sagen.«

»Und wen besuchen wir noch?«

»Glenda die Gute, die besuchen wir. Wir müssen ihr schließlich die Schlüssel zurückgeben, nicht wahr?«

Es war noch früh – nicht einmal acht Uhr. Es waren keine USK-Mitarbeiter da.

Was ich vorhatte, dauerte sowieso nur ein paar Minuten.

Ich ging zu dem Schreibtisch, auf dem ich die Briefe mit der Bitte um Spenden gefunden hatte, und suchte nach dem Briefpapier, auf dem John Cerise und Merlin Krispus als Vorstandsmitglieder genannt wurden.

Ich entdeckte das Blatt Papier rasch.

Dann nahm ich Noras Liste der Züchter von silbergrauen Tigerkatzen aus der Handtasche.

Nach wenigen Sekunden hatte ich gefunden, was ich suchte. Einer der Züchter auf Noras Liste – ein Mr. Hal Porter – war ebenfalls Vorstandsmitglied.

Da war er! Der Zusammenhang. Das Verbindungsglied.

Meine Erinnerung an Hal Porters Namen auf diesem Briefkopf war nicht mehr als ein Eindruck gewesen, so flüchtig und vage, daß man es kaum eine Erinnerung nennen konnte. Aber hier war die Bestätigung ... der Beweis, daß es nicht nur ein Traum gewesen war oder eine Erfindung von mir.

Triumphierend wedelte ich mit der Liste.

Nora sah mich verwirrt an.

Ich faltete das Briefpapier zusammen und steckte es gemeinsam mit der Züchterliste in meine Tasche.

Noch immer sah mir Nora wortlos zu.

Ich ging zu dem braunen Telefonapparat und rief im Lenox Hill Hospital an, wo ich erfuhr, daß Glenda am Vortag entlassen worden war.

Danach ließ ich mir von der Auskunft ihre Nummer geben.

Glenda Fuchs meldete sich nach dem zweiten Läuten.

»Hallo, Glenda. Hier ist Alice Nestleton. Geht es Ihnen besser?«

»Ja, danke. Mir tut zwar noch alles weh, aber es geht so.«

»Gut. Ich wollte fragen, ob es Ihnen recht wäre, wenn wir Ihnen jetzt die Schlüssel zurückbringen.«

»Warum nicht ... natürlich. Aber ich habe Ersatzschlüssel, also ist es nicht nötig, daß Sie sich die Mühe machen. Sind Sie in der Gegend?«

»Oh, es ist keine Mühe«, sagte ich, ohne ihre Frage richtig zu beantworten. »Ich bin in Kürze bei Ihnen. Geben Sie mir die genaue Adresse und die Wohnungsnummer?«

Selbst im Taxi erklärte ich Nora die Sachlage nicht. Es war noch ein wenig zu früh. Ich mußte noch hören, was Glenda sagte, um die losen Enden zusammenzufügen.

Also redeten wir über alles mögliche, nur nicht über das, was uns momentan beschäftigte. Ich erkundigte mich nach ihren Fortschritten bei ihrer musikalischen Komödie. Das reichte, um die Zeit zu füllen, bis wir vor dem verwitterten alten Haus ohne Aufzug in der Amsterdam Avenue anhielten.

Glenda drückte auf den Türöffner ihrer Erdgeschoßwohnung und kam uns mit unsicheren Schritten entgegen. Sie bedankte sich noch einmal für unsere Hilfe beim Versand der Briefe.

Sie wirkte ehrlich überrascht, als ich fragte, ob wir ein paar Minuten hereinkommen und mit ihr reden könnten.

»Natürlich«, antwortete sie und bot uns Stühle an. »Ich koche Kaffee«, meinte sie.

»Nein, danke«, sagte ich. »Machen Sie sich keine Mühe.«

Mein Tonfall muß irgendwie beunruhigend geklungen haben, weil sowohl Glenda als auch Nora ganz still wurden und mich erwartungsvoll ansahen.

»Glenda«, sagte ich, «ich weiß, daß Sie mit John Cerise bei USK gute Arbeit geleistet haben – Arbeit, zu der man Ihnen beiden gratulieren muß. Aber jetzt ist es Zeit, über den anderen Teil Ihrer Beziehung zu John zu reden.«

Glenda war bestürzt und verlegen, aber sie reagierte

nicht mit jungfräulichem Erröten. Sie wußte, was ich meinte, das sah ich.

»Sie *verstehen* doch, was ich meine, nicht wahr?« fragte ich.

Sie hatte eine Minute Zeit gehabt, sich zu wappnen.

»Ganz und gar nicht, Alice. Hören Sie mit der Geheimnistuerei auf und sagen Sie mir, was Sie meinen.«

»Schön. Lesen Sie viel, Glenda?«

»Ich? Nein, nicht besonders. Ich habe nicht viel Zeit zum Lesen.«

»Schade. Es gibt eine alte Geschichte von O. Henry, die Sie gewiß interessieren würde. Sie könnten sich identifizieren, wie es so schön heißt. Ich glaube, sie wurde vor langer Zeit sogar verfilmt.«

»Was ist das für eine Geschichte?«

»Sie heißt ›*The Last Leaf*‹. Es geht um ein junges Mädchen, das mit ihrer Schwester in Greenwich Village lebt. Das junge Mädchen wird schwer krank, und selbst der Arzt glaubt, daß sie sterben wird, vor allem, weil sie den Lebenswillen verloren hat. Aber ihre tatkräftige Schwester und ihr Nachbar, ein alter Künstler, denken sich einen Plan aus, wie sie ihr wieder Lebensmut geben können.

Sie sagen ihr, sie soll aus dem Schlafzimmerfenster schauen und von dem letzten Blatt lernen, das sich an eine Ranke am Zaun klammert. Von diesem Blatt kann man lernen, um das Leben zu kämpfen, den Sturm zu überdauern, egal, wie schwer es ist. Solange das Blatt da ist, kann auch sie sich an das Leben klammern.

Und wirklich, dieses einzige Blatt schafft es, den kalten, schneereichen Winter zu überstehen. Und als der Frühling kommt, lebt es noch immer, und das Mädchen ebenfalls. Es ist wieder gesund.

Nur war in Wirklichkeit das ursprüngliche Blatt schon

vor Monaten abgefallen. Das Blatt, das das junge Mädchen betrachtete, um Mut zu schöpfen, hatte der alte Künstler hingemalt.

Der Mädchen wußte nicht, daß das Blatt nicht echt wahr – verstehen Sie? Und sie alle lebten glücklich bis an ihr seliges Ende.«

Während meiner Schilderung saß Glenda reglos da. »Was für eine interessante Geschichte«, sagte sie bedrückt, als ich damit fertig war. »Hat sie auch eine Pointe?«

Dieselbe Frage stand auf Noras verwirrtem Gesicht.

»Ich glaube, für Sie schon, Glenda – eine Parallele zum wirklichen Leben. Und ich glaube, Sie kennen sie auch. Ist der Plan, den sich Sie und John und ein Katzenzüchter namens Hal Porter ausgedacht haben, nicht eine Variation dieses Themas?«

Nora sah Glenda an. »Also?« fragte sie ungeduldig, obwohl sie keine Ahnung hatte, von welchem Plan ich sprach. »Ist es nicht so?«

Ich wartete ebenfalls auf die Antwort.

Glenda Fuchs ließ sich Zeit, sagte aber schließlich: »Ja, ich glaube, das stimmt.«

»Ich auch«, sagte ich. »Sie und John und Mr. Porter haben Peter Nelson Krispus' Katzen ersetzt, wenn sie alt wurden, nicht wahr? Alt ... oder krank.

Krispus kriegte das gar nicht mit. Er war zu krank und zu verwirrt, um zu bemerken, daß zwar er selbst alt und krank wurde, nicht aber seine schönen silbernen Tigerkatzen.

Ich weiß nicht, ob aus Freundlichkeit oder aus irgendeinem anderen Grund, aber John sorgte dafür, daß Krispus' Katzen niemals alt wurden, niemals starben. Es war, als stünde die Zeit für sie still.

Und Sie halfen ihm – leisteten ihm Beihilfe – bei seinem Plan. Sie und John kauften die neuen Katzen über diesen Hal Porter.

Diese Täuschung setzten Sie während der ganzen Dauer von Krispus' langer Krankheit fort. Aber bevor er starb, muß seine Frau Adda von dem Testament erfahren haben. Sie entdeckte, daß Krispus auf Millionen saß ... und vorhatte, alles zwei Katzen zu hinterlassen.

Überdies wußte sie, daß John dafür verantwortlich war, daß im Laufe der Jahre die Katzen immer wieder ausgetauscht worden waren. Sie muß damit einverstanden gewesen sein. Doch jetzt gab sie John die Schuld für den in ihren Augen wahnsinnigen Plan, das Geld den Katzen zu hinterlassen. Vielleicht hatte sie erst an jenem Abend, an dem Tony und ich zu der Party hinkamen, erfahren, was in dem Testament stand. Jedenfalls machte sie John dafür verantwortlich, und in ihrer Wut brachte sie ihn um.

So war es, nicht wahr, Glenda? Deshalb ist John gestorben.«

Jetzt begann Glenda zu weinen.

»Ja«, sagte sie unter Tränen. »Ja, deshalb muß sie es getan haben. Aber ... wer konnte denn wissen, daß sich die Dinge so entwickeln würden? Wer konnte denn wissen, daß er soviel Geld hatte ... und daß er seine Familie enterben und alles seinen Katzen hinterlassen würde?

Es *war* ... wahnsinnig. Krispus muß wahnsinnig gewesen sein, wenn er so etwas tat. Aber verstehen Sie denn nicht? John dachte, er tue dem alten Mann etwas Gutes. Er bezahlte Hal Porter die Katzen aus seiner eigenen Tasche ... verstehen Sie nicht?

Und wenn sie die alten Katzen wegbrachten, suchte er ihnen ein neues Zuhause, oder er bezahlte für ihre Unterbringung, bis sie starben. So war er. Er liebte Katzen so sehr, und Krispus ebenfalls. Aber er wollte nicht … ich meine, woher sollte er wissen, wie sich die Dinge entwickeln würden? Wie hätte das irgendeiner von uns wissen sollen?

Als ich hörte, daß Adda Krispus John ermordet hat, wußte ich nicht, was ich davon halten sollte. Und dann … dann …, als die Sache mit dem Testament bekannt wurde, war ich außer mir. Es war wohl zum Teil auch meine Schuld. Ich dachte, daß ich ihm helfe. Aber am Ende half ich nur bei seiner Ermordung.

Mein Gott, Sie können sich nicht vorstellen, wie furchtbar mir zumute war. Wie schuldig ich mich fühlte.«

Ich wartete, bis sie sich die Augen getrocknet hatte, bevor ich weitersprach.

»Also wußten die anderen Familienmitglieder, was John tat? Daß er die Katzen austauschte?«

»Das weiß ich nicht«, sagte Glenda und schüttelte den Kopf. »Wahrscheinlich. Adda wußte es – und sie muß es ihren Söhnen gesagt haben. Waren sie denn blind? Sie wußten davon, machten aber selbst nicht mit.«

Ich ließ Glenda Fuchs nicht gerne weinend zurück, aber nichts deutete darauf hin, daß sie irgendwann in nächster Zeit aufhören würde.

Nora und ich gingen ein paar Straßen weiter, bevor eine von uns etwas sagte.

Wir waren an der U-Bahnstation mitten auf dem Broadway an der 72nd Street angekommen, als Nora sagte: »Das ist eine verrückte Geschichte, Alice. Aber ich glaube, sie sagt die Wahrheit. Es hängt alles irgendwie zusammen.«

»So was kommt vor«, erwiderte ich.

»Jetzt habe ich nur noch eine Frage.«

»Ich weiß.«

»Ja. Ich weiß, daß du es weißt. Warum hat John an jenem Abend geleugnet, John Cerise zu sein?«

»Da John anscheinend sehr kompliziert war, kann ich nur sagen daß ich noch nicht mal die halbe Geschichte kenne. Und jetzt glaube ich auch, daß ich niemals die ganze Geschichte kennen werde.«

12

Es war Aaron Stoners freier Tag.

Das sagte er mir, als er mich zeitig an jenem Morgen anrief.

Wenn ich nicht mit ihm zu Abend essen wollte, wie wäre es dann mit Mittagessen? Und wenn nicht Mittagessen, würde ich dann wenigstens mit ihm einen Spaziergang machen? Das würde ihm helfen, sich zu entspannen.

Es waren ein paar Tage vergangen, seit Glenda Fuchs ihre Beteiligung an den Ereignissen, die schließlich zu Johns Tod geführt hatten, gestanden hatte.

Stoner kannte ein tolles kleines Café, wo sie den Kaffee richtig zubereiteten – fast so gut wie in New Orleans.

Ich war noch nie in New Orleans. Ich sagte, okay.

Er holte mich im Loft ab, und wir schlenderten gemächlich die Hudson Street Richtung Norden, durchquerten die Stadt in der 10th Street und gingen dann die 5th Avenue hinauf.

Er war ein angenehmer Mensch – viel angenehmer, als ich angenommen hatte. Ab und zu nahm er meinen Arm, gewöhnlich an belebten Kreuzungen, wo wir die

Straße kühn bei rot überquerten, wenn kein Auto kam. Ich hatte gedacht, das täten nur gebürtige New Yorker, aber wie es scheint, macht es allen Spaß, speziell diese Vorschrift zu mißachten.

Irgendwo an der 11th Street erzählte mir Lieutenant Stoner, daß er Adda Krispus mit der Geschichte von den ausgetauschten Katzen konfrontiert hatte, die Nora ihm an jenem Abend, als wir davon erfuhren, erzählt hatte. Adda hatte weder geleugnet noch bestätigt, daß der Austausch der Katzen – und die Entdeckung, was im Testament ihres Mannes stand – das Motiv für den Mord an John Cerise gewesen war.

Sie schwieg wie eh und je über den ganzen Vorfall.

»Das war tolle Ermittlungsarbeit«, beglückwünschte mich Aaron. »Für mich klingt das alles total irre, aber Sie haben ins Schwarze getroffen, Miss Alice.«

»Vielen Dank. Ich wünschte nur, ich könnte das Puzzle zu Ende bringen ... sicher sein. Johns Verhalten an jenem Abend ist noch eine offene Frage.«

»Ja, das gibt es bei Morduntersuchungen oft«, sagte er philosophisch. »Jedenfalls glaube ich, daß Adda Krispus die ganze Geschichte mit ins Grab nehmen wird.«

Ich hoffte, daß das nicht stimmte. Die Vorstellung, niemals zu erfahren, aus welchem Grund sich John so benommen hatte, gefiel mir gar nicht. Aber ich mußte zugeben, daß eindeutig die Möglichkeit bestand, daß ich niemals alle Geheimnisse von John kennen würde.

An der 14th Street bogen wir Richtung Osten ab und gingen zum Bauernmarkt am Union Square. Wir kauften ein paar üppige blaue Trauben, die wir beim Gehen verzehrten, und Aaron schenkte mir einen reizenden Strauß getrockneter Blumen.

Der Kaffee war gut in seinem ganz speziellen Café –

wie sich herausstellte, lag es am University Place. Wir setzten uns an einen der wenigen Tische auf dem Gehsteig und tranken aus großen weißen Schalen Café au lait.

»Vielleicht muß ich unser Treffen hier beenden«, sagte ich schließlich zu ihm. »Die Arbeit ruft.«

»Was denn für eine Arbeit? Ich dachte, Nora hätte gesagt, Sie arbeiteten in letzter Zeit nicht sehr oft als Schauspielerin.«

»Nein, nicht das. Ich muß bei einer Katze vorbeischauen. Ich glaube, ich habe Ihnen von diesem Teil meines Lebens schon erzählt.«

»Ach ja, richtig«, sagte er. »Wo ist denn der kleine Racker?«

»Nicht weit von hier. Die Wohnung befindet sich in einem dieser riesigen Luxusgebäude auf der anderen Seite des Central Park – Zeckendorf Towers.« Ich zeigte auf einen der Türme.

Von unserem Platz im Café konnten wir die goldenen, pyramidenförmigen Kuppeln der Hochhäuser sehen.

»Warum kann ich denn nicht mitkommen? Ich verspreche, daß ich Ihnen nicht im Weg sein werde.«

Ich zögerte mit meiner Antwort. Ich war auf einmal nervös.

Einen Augenblick kam ich mir vor wie eine halbwüchsige Babysitterin, die Angst hat, am Samstagabend im Nachbarhaus mit ihrem Freund erwischt zu werden.

Doch dann faßte ich mich wieder.

»Okay. Sie können mitkommen – wenn Sie Katzen mögen.«

»Warum nicht?« sagte Aaron. »Wenn Sie sie mögen, mag ich sie auch.«

Barbarella freute sich, mich zu sehen. Bei Aaron war

sie sich nicht so sicher. Gerade, daß sie ihm gegenüber noch die Höflichkeit wahrte.

Ich legte die Post meiner Auftraggeberin in das Körbchen auf dem Bücherregal neben dem Schlafzimmer. Dann fütterte ich Barbarella und wechselte die Katzenstreu.

Ich ließ Aaron den Catnip-Ball füllen, mit dem Barbarella gerne spielte. Das brach das Eis. Sie rückte ihm nicht mehr vom Leib.

Wir überschlugen uns förmlich im Erfinden neuer Spiele für Barbarella. Aaron legte sie lang ausgestreckt auf den glänzend polierten Holzfußboden und spielte »Katzenherumwirbeln«, wie er es nannte.

»Nehmen Sie sich lieber in acht, Aaron«, warnte ich ihn. »Sie haben solche Spiele ziemlich schnell satt. Und dann ... Vorsicht.«

Nach einer Weile gingen wir beide hinaus auf die Terrasse, die dicht mit Efeu bewachsen war. Wir waren umgeben von Tontöpfen mit bunten Begonien in voller Blüte. Eine Zeitlang standen wir schweigend da und schauten hinunter auf die Stadt.

»Es ist schön hier oben, nicht wahr?« sagte ich schließlich.

»Ja, wirklich schön.«

Er sah mich an, nicht die aufregende Skyline unter uns.

Wir schwiegen noch eine Minute.

Ich fühlte mich in seiner Gegenwart sehr wohl. Ich hatte ihn wirklich gern, aber nichts Spezielles an ihm. Ich meine, ich wußte, was ich an Tony mochte: Er sah gut aus. Er war spontan. Er war leidenschaftlich – im Hinblick auf mich und auf das Theater. Aber dieser Stoner ... nun ... vielleicht war es das Gefühl, daß er eine

Art von Vernunft an den Tag legte, die ich selbst gern besessen hätte.

»Es ist schon fast eins«, sagte ich. »Bekommen Sie nicht langsam Hunger, Aaron?«

Er sah mich weiterhin an, lächelte und schüttelte ganz langsam den Kopf.

Da wandte ich mich, plötzlich befangen, von seinem Blick ab.

»Gehen wir hinein, ja?« schlug ich vor.

»Okay.«

Aber er rührte sich nicht von der Stelle.

Ich ebenfalls nicht.

Er sah mich noch immer an.

»Jetzt wirst du mich küssen, nicht wahr, Aaron?«

»Ich werde es versuchen«, sagte er lachend. »Wirst du es mir gestatten?«

»Ich glaube, wahrscheinlich ja.«

Es war ein langer Kuß. Als er zu Ende war, war ich diejenige, die lächelte.

Und dann folgte ein weiterer Kuß. Noch intensiver.

Als dieser Kuß schließlich zu Ende ging, hielt er mich weiterhin an der Taille fest.

Ich verabschiedete mich ziemlich hastig von Barbarella. Ich hielt es für das beste, wenn wir so bald wie möglich aus dieser komfortablen Wohnung hinauskamen.

»Frag mich noch einmal, ob ich Hunger bekomme«, sagte Aaron, als wir im Lift nach unten fuhren.

»Auf keinen Fall«, antwortete ich.

In Wirklichkeit hatten wir beide Appetit auf Essen. Wir beschloßen, ins Pal Joey zu gehen.

Nora strahlte uns stolz an, als wir eintraten ... stolz und ein wenig spitzbübisch.

Nachdem sie uns an einen Tisch in einer Nische geführt und jedem von uns ein Glas Wein gebracht hatte, verschwand sie in der Küche, wo sie uns, wie sie versprach, »die besten Scampi der Welt« zubereiten würde.

Aaron saß ganz nah neben mir; sein Bein unter dem weißen Tischtuch war nur einen Hauch von meinem entfernt.

»Du hast einen guten Appetit, Mädchen«, meinte er, als ich meinen *Salade frisée* in Angriff nahm. »Ich mag das an einer Frau.«

»Gut«, sagte ich und brach mir noch ein Stück Baguette ab.

»Hast du schon mal Langusten gegessen?«

»Nein. Was ist das?«

»Das wirst du schon sehen. Ein Freund von mir läßt ab und zu welche von daheim herfliegen. Ich werde dir demnächst mal Langusten *étouffée* machen.«

Ich sagte nichts. Und nicht nur, weil ich gerade aß. Aaron Stoner schien sich seiner ein wenig zu sicher zu werden ... oder meiner. Als ob er wüßte, daß ich eine Einladung zum Abendessen in seiner Wohnung nicht ablehnen würde. Das gefiel mir nicht unbedingt. Aber gleichzeitig wollte ich nicht, daß er dächte, ich würde ihn abweisen.

Dann wurde mir klar, daß er alt genug war, um das Wort »umwerben« zu kennen. Und ich war alt genug, es zu schätzen.

»Warst du schon mal verheiratet, Alice?«

»Hm-hm. Nächste Frage.«

Er gluckste. »Genug gesagt.«

Er nahm die Weinflasche aus dem Kühlgefäß und schenkte uns nach.

»Ich war's auch«, sagte er.

»Verheiratet, meinst du.«

»Ja.«

»Wo ist die Ex-Mrs. Stoner?«

»Wieder in New Orleans. Sie ist nach der Scheidung wieder hinuntergezogen.«

Meiner nächsten Frage kam er zuvor.

»Vor acht Jahren«, sagte er.

Auch die folgende Frage brauchte ich nicht auszusprechen.

»Die gute Zeit war sehr, sehr gut, und die schlechte ... nun, dafür gibt es ja Scheidungen, nicht wahr?«

Stetig, gierig tranken wir den erlesenen Wein, während ich ihm von meiner Schauspielkarriere erzählte, die zum Stillstand gekommen war, und wie ich eine professionelle Catsitterin und Amateurdetektivin geworden war.

Ich erzählte gerade die grauenhafte Geschichte, wie Tony und ich eines nachts bei Ermittlungen im Village beinahe umgebracht worden wären.

Plötzlich legte Aaron kurz seine Hand auf die meine, um meine Schilderung zu unterbrechen.

»Tony ist der Mann, mit dem du in jener Nacht in der Polizeistation warst, nicht wahr?«

»Ja«, antwortete ich.

»Mit anderen Worten, er«, sagte Aaron.

Da blickte ich auf.

Basillio stand an der Theke und starrte uns an. Er kochte ganz offensichtlich innerlich, und mit seinen Blicken hätte er uns wohl am liebsten getötet.

Instinktiv richtete ich mich kerzengerade auf und rückte ein paar Zentimeter von Aaron weg.

Ich hatte nichts getan, wofür ich mich schuldig fühlen mußte, aber du liebe Zeit, ich fühlte mich schuldig. Und ertappt.

»Hier treibst du dich also neuerdings herum«, sagte

Tony, als er an unseren Tisch kam. »Freut mich, daß du nicht zu Hause sitzt und dahinkümmerst, Schwedenmädel.«

»Hallo, Tony«, sagte ich leise. »Wie geht es dir?«

»Einfach großartig.«

»Tony, das ist Aaron Stoner, wie du wahrscheinlich noch weißt.«

»Wie *könnte* ich das vergessen? Ich bin entzückt, Lieutenant, wie gewöhnlich.« Er lächelte Aaron kryptisch an.

»Wie läuft's, Käpt'n?« sagte Aaron mit ebenso falscher Freundlichkeit wie Tony.

»›Käpt'n‹?« wiederholte Basillio und äffte Aarons Akzent nach. »Was soll das eigentlich – ist das die gute alte Südstaatenart? Sie sind jetzt im Norden, mein Freund.»

Aaron lachte nur nachsichtig.

»Setz dich doch zu uns, Tony« sagte ich. Ich fühlte mich mies, und man hörte es mir ganz sicher auch an.

»Nein, danke«, fauchte er. »Ich bin nicht zum Vergnügen hier – glaub mir. Ich bin geschäftlich hier.«

»Inwiefern geschäftlich?«

»Es sieht so aus, als bliebst du noch eine Weile meine Vermieterin«, sagte Tony. »Ich habe noch keine Wohnung gefunden. Und warum sollte ich mich überhaupt wegen einer alten persönlichen Geschichte aus einer recht anständigen Wohnung vertreiben lassen, bevor ich selbst dazu bereit bin?«

»Dazu besteht kein Grund«, sagte ich. »Hör mal, Tony, setz dich doch –«

»Ich sagte, nein, danke!«

Er faßte in die Tasche und knallte dann zwei Schecks auf den Tisch.

»Hier ist meine Miete für die nächsten zwei Monate,

Vermieterin. *Ich* habe ja einen Job ... im Theater ... in meinem Beruf, weißt du ... im Gegensatz zu einigen anderen Faulpelzen, die ich nennen könnte.«

»Tony, Sie sollten sich beruhigen«, sagte Aaron sanft.

»Das heißt ›Beruhigen Sie sich, *Mr.* Basillio‹. Ich mag es nicht, wenn mich Staatsbeamte beim Vornamen nennen, Bulle.«

»Also wirklich, Tony!« sagte ich jetzt entrüstet. »Du machst dich lächerlich.«

»Nicht lächerlicher als du und dieser Dorftrottel hier«, sagte er höhnisch. »Ich lasse dich jetzt mit deinem Südstaatencasanova allein, Vermieterin.«

»Schön, Basillio, tu das. Tu, was du willst. Solange du von hier verschwindest und diese kindische Szene beendest.«

Tony marschierte hinaus, ohne ein einziges Mal zurückzublicken.

Nora hatte das Ganze mitangesehen.

Sie stand ein paar Meter entfernt mit zwei Tellern Scampi in den Händen da.

»Hui!« meinte sie nur.

Aaron wollte etwas zu mir sagen – zweifellos etwas Beruhigendes –, aber ich brachte ihn mit einer Handbewegung zum Schweigen.

»Nun«, sagte ich, als die Teller vor uns standen, »das war ganz schön beschämend, nicht wahr?«

»Es war köstlich, Nora«, sagte ich.

Ich nahm an, daß es köstlich war. Ich hatte dem Essen keine beondere Aufmerksamkeit geschenkt. Aber ich würde mir auf keinen Fall von Basillios Wutanfall den Tag verderben lassen. Und ganz gewiß würde ich ihm nicht nachlaufen.

»Phantastische Scampi«, sagte Aaron.

»Vielen Dank, ihr beiden«, sagte Nora. »Diese Schmierenversion von ›Endstation Sehnsucht‹ war auch nicht schlecht. Selbst, wenn Marlon abging, ohne sich das T-Shirt vom Leib zu reißen.«

»Ja, Tony hat eine recht gute Szene hingelegt, was?« pflichtete ich ihr bei.

»Nun, vergiß es«, sagte sie leichthin. »Heute abend wird sich deine Stimmung wieder bessern.«

Ich konnte mir nicht vorstellen, was sie meinte. »Heute abend? Was ist heute abend?«

»Meine Party ... erinnerst du dich? Ich erwarte dich und Aaron und ein Dutzend andere Leute hier zu einer Cocktailparty. Damit ihr Vince kennenlernt, mit dem ich zusammen an dem Musical arbeite.«

»Ach du liebe Güte«, sagte ich. »Ich habe es wohl vergessen.«

»Keine Ausreden«, erwiderte sie hastig. »Also verschwindet jetzt, ihr beiden. Werft euch in Schale. Wir sehen uns dann hier um sechs.«

»Meine Festkleidung liegt schon bereit«, sagte Aaron. »Was ist mit dir, Alice?«

Ich seufzte und hoffte, daß mich Nora nicht hörte. Ich war gar nicht in Stimmung für eine Party.

Laut sagte ich jedoch: »Bis heute abend, Nora.«

»Super! Ich muß jetzt wirklich laufen«, stellte sie fest. »Ich lasse mich von Antonio schneiden.«

»Von wem schneiden?« fragte Aaron entsetzt.

»Von Antonio. Er hat einen neuen Salon in der Madison Avenue. Und ich habe einen Termin. Ich will eine tolle neue Frisur.«

»Gratuliere, Nora«, sagte ich. »Hast du Zeit, unterwegs etwas für mich zu erledigen?«

»Klar, warum nicht. Was soll ich tun?«

Ich nahm einen der beiden Schecks, die mir Tony hingeknallt hatte, und übertrug ihn auf die Stiftung ›Unsere streunenden Katzen‹.

»Gib den Glenda Fuchs, mit meinen besten Wünschen. Sie fühlt sich jetzt gewiß ziemlich schlecht. Aber ich bringe es einfach nicht über mich, sie noch einmal aufzusuchen.«

Draußen auf dem sonnigen Gehsteig versuchte ich mich lahm bei Aaron für die peinliche Situation zu entschuldigen, in die ihn Tony gebracht hatte.

»Hör auf«, sagte er und wischte meine Entschuldigung beiseite. »Mir wäre es viel lieber, du würdest die Sache vergessen, statt dich dafür zu entschuldigen.«

»Das ist nicht so einfach«, sagte ich, »aber ich werde es versuchen.«

»Tu das. Du gefällst mir viel besser, wenn du lächelst. Wie vorhin bei Barbarella.«

Ich tat ihm den Gefallen und lächelte.

Am allerbesten, dachte ich, wäre es, wenn ich nach Hause ginge und mit den Katzen ein Schläfchen hielte, bis ich mich für die Party umkleiden mußte.

Doch ich blieb auf dem Gehsteig stehen und erwiderte Aarons Blick, der mich ganz schwindlig machte.

»Ich sollte mir ein Taxi nehmen«, sagte ich.

»Nein, das solltest du nicht«, sagte er.

»Ich sollte aber wirklich«, sagte ich.

»Nn-nn.«

»Warum nicht?« fragte ich.

»Weil«, sagte er, »ich ein Auto habe.«

Mehr als vier Stunden später hatte Nora *keine* neue Frisur.

Als Aaron und ich das Bistro durchquerten, war sogar

von der Eingangstür aus eindeutig zu erkennen, daß kein Schicki-Micki-Friseur Hand an Noras Haare gelegt hatte. Sie sah genauso aus, wie wir sie am Nachmittag verlassen hatten. Aber irgend etwas an ihr war anders. Sie hatte ein total fahles Gesicht.

Alles in allem sah sie einfach schrecklich aus.

Sie stürzte auf uns zu und schob dabei die anderen Partygäste beiseite. »Wo wart ihr beide?« kreischte sie.

Ich suchte nach Worten und murmelte schließlich. »Ich habe mich hingelegt … und das Telefon rausgezogen.«

Aaron nahm sie fest am Arm und stützte sie. Und sie brauchte eine Stütze.

»Nora, was ist denn los?« fragte ich.

»Ich habe Sie in der Polizeistation angerufen, ich habe Sie zu Hause angerufen«, sagte sie vorwurfsvoll zu Aaron. »Ich konnte Sie nirgends finden!«

»Was ist denn los, Nora?« fragte ich ängstlich. »Was ist passiert?«

»Es ist diese Frau – Glenda Fuchs«, brachte sie erstickt hervor. »Ich habe an die Tür geklopft … Sie war offen … Niemand da … Ich wartete … und wartete … Und probierte es dann an der Toilettentür.«

In diesem Augenblick kam ein Kellner vorbei. Ich nahm schnell einen Drink von seinem Tablett und drückte ihn Nora in die Hand.

»Weiter«, sagte ich, als sie einen Schluck getrunken hatte. »Was ist in der Toilette passiert?«

»Viel«, sagte Nora, »aber als ich hinkam, war schon alles vorbei. Oh, Alice, sie ist tot!«

»Tot? Aber ich dachte, die Ärzte hätten gesagt, sie würde wieder gesund werden?«

»Das hat nichts mit einem Arzt zu tun«, sagte Nora ernst. »Sie ist ermordet worden. Erstochen.«

13

Nora war noch immer recht zittrig. Wie eine Hauskatze nach ihrer ersten Begegnung mit einem bösartigen Hund.

Sie hatte gestern nacht Aarons Anweisungen befolgt, sagte sie, und sich richtig ausgeschlafen.

Ich glaubte ihr nicht ganz. Sie hatte tiefe Ringe unter den Augen.

Obwohl sie anscheinend allmählich wieder zu sich kam, hielt ich es für das beste, bei ihr zu bleiben. Also verbrachte ich den Tag bei ihr im Pal Joey.

Zum Glück war mittags nicht viel los. Wir saßen den Großteil des Nachmittags herum, tranken Kaffee, redeten und spielten Scrabble.

Um etwa zwei Uhr kam Aaron ins Bistro. Er hatte gerade mit einigen Kollegen vom Morddezernat über den Mord an Glenda Fuchs gesprochen, und er wußte, wir würden die letzten Neuigkeiten hören wollen – das heißt, natürlich unter Beachtung der Geheimhaltungsvorschriften der New Yorker Polizei für vertrauliche Informationen.

Die Polizei vertrat die Theorie, Glenda Fuchs sei im Verlauf eines mißglückten Raubüberfalls getötet worden.

»Also, wieso habe ich gewußt, daß du das sagen würdest?« fragte ich zynisch.

»Übersinnliche Wahrnehmung?« erwiderte er.

»Nicht unbedingt«, sagte ich. »Nichts derart Ungewöhnliches. Es ist nur so, daß ihr – ich meine, daß die Polizei dazu neigt, bei jeder Situation nach etwas Bestimmtem zu suchen, und wenn sie es gefunden hat, ist die Sache für sie damit erledigt. Sie stößt auf die augenscheinlichste Erklärung, den statistischen Mittelpunkt. Und manchmal bedarf es einer Stange Dynamit, um euch – sie – von dort wegzubewegen.«

Aarons Reaktion auf meine Tirade war bewundernswert zurückhaltend. »Du willst also damit sagen, daß du glaubst, es war ein Mordanschlag. Du glaubst, es hat gar keinen Raubüberfall gegeben.«

»Wenn etwas geraubt wurde, schön. Aber das war nicht der Grund, warum Glenda Fuchs ermordet wurde. Das weiß ich so sicher wie ich weiß, daß es zu diesem Zeitpunkt sinnlos wäre, zu versuchen, deine Kollegen davon zu überzeugen.«

Er nickte. »Nun, wir können manchmal etwas dämlich sein, nicht wahr?«

Ich wußte nicht genau, ob er ernsthaft beleidigt war. Irgendwie glaubte ich das nicht. Jedenfalls ärgerte mich sein Ton.

»Nimm es nicht persönlich, Aaron«, sagte Nora beschwichtigend. »Alice meint nur ... nun, du weißt ja, wie wir Privatdetektive sind. Wir sind euch Polizisten immer eine Nasenlänge voraus.«

Noras Worte ließen mich innehalten. Sie waren mir sogar ein wenig peinlich. Sie hatte wohl zu viele alte Warner-Brothers-Filme gesehen. Und vielleicht war ich ein klein wenig zu sehr in Fahrt gekommen.

»Das habe ich nicht gemeint, Aaron«, sagte ich. »Es tut mir leid, wenn es so geklungen hat.«

»Ist schon okay«, sagte er, und ich stellte erleichtert fest, daß er lachte. »Ich weiß, daß du die Dinge auf deine eigene Art machst, Alice. Du denkst selbständig.«

»Ich weiß nicht, wie selbständig ich bin. Es erstaunt mich nur, daß kein Mensch im Morddezernat der Tatsache, daß Glenda vorige Woche fast von einem Auto überfahren wurde, irgendeine Bedeutung beimißt. Das war doch offensichtlich der erste Anschlag auf ihr Leben.«

Er zuckte die Achseln. »Kann sein. Aber da wir gerade über Menschen reden, die mit dem Leben … und dem Tod … deines Freundes John zu tun hatten … ich habe noch weitere Neuigkeiten für euch.«

Sowohl Nora als auch ich reagierten sofort.

»Was?« fragte ich.

Aaron schenkte sich beim Sprechen Kaffee ein. Er besaß die erstaunliche Fähigkeit, bei allem, was er tat, ganz gelassen zu sein.

»Sieht aus, als würde sich die Steuerbehörde für Krispus' Testament interessieren.«

»Du meinst, daß bereits die Steuerbehörde hinter Bobbi Ann Budd her ist?« fragte Nora. »Noch vor der Gerichtsverhandlung mit dem Rest der Familie Krispus?«

»Nicht hinter ihr«, sagte Aaron. »Hinter dem verstorbenen Mr. Krispus. Und dem Rest seiner Familie. Sie wollen wissen, ob der alte Mann dieses Einkommen versteuert hat. Und sie wollen wissen, ob die Hinterbliebenen auf weiteren geheimen Vermögenswerten sitzen.«

»Warum nicht?« überlegte ich. »Diese Leute sind Meister im Geheimhalten.«

»Das ist noch nicht alles«, nickte Aaron. Wieder erschien dieser amüsierte Ausdruck auf seinem Gesicht.

»Erzählen Sie uns bloß nicht, daß noch jemand ermordet wurde«, sagte Nora.

»Was ist noch?« fragte ich.

»Ein Richter hat angeordnet, daß die beiden Katzen sofort in die Obhut von Bobbi Ann Budd kommen. Sie hat sich einen Anwalt genommen, der das Gericht davon überzeugt hat, daß es für die beiden Katzenmillionäre nicht unbedingt sicher ist, wenn sie bei den verbitterten Krispus-Söhnen bleiben – sie könnten als Kissenfüllung oder so was enden.«

»Ich finde das nicht so lustig, Aaron«, sagte ich scharf. »Sie hat vielleicht recht.«

Das ernüchterte ihn.

»Okay. Aber jetzt mal im Ernst. Hör zu, Alice – und Sie auch, Nora. Diese Familie Krispus mag ja verrückt sein. Aber sie könnte auch gefährlich sein. Ein Mitglied sitzt bereits wegen Mordes hinter Schloß und Riegel, denkt daran.

Und was diese Fuchs angeht – vielleicht wurde sie im Verlauf eines Raubes umgebracht, vielleicht auch nicht, vielleicht war es ein Anschlag, ich weiß es nicht. Aber wenn du recht hast, wenn sie absichtlich ermordet wurde, dann ist das um so mehr Grund für euch beide, euch zurückzuziehen und diese Geschichte der Polizei zu überlassen.«

»Das habe ich schon öfter gehört, Aaron«, sagte ich müde. Er hörte sich an wie Tony. Oder mein Ex-Ehemann. Oder einige andere Männer, die mir in den Sinn kamen. Ständig warnten sie mich vor irgend etwas. Was haben die Männer? Wieso sind sie bloß so darauf erpicht, einen zu warnen?

»Es ist ein guter Rat«, fauchte er.

Doch im nächsten Augenblick wurde er wieder sanfter. »Die Polizisten sind nicht deine Feinde, Alice ... ich ganz sicher nicht.«

»Ich weiß«, antwortete ich. Ja, ich wußte es. Trotzdem, jetzt begann er die Sache zu mystifizieren.

»Also mach nichts Verrücktes, ja?«

»Ja.«

»Nora«, meinte er dann zu ihr, »ich verlasse mich darauf, daß Sie es mir sagen, wenn sie wirklich etwas Verrücktes tun will.«

»Was bin ich denn – ein Polizeispitzel?« fragte Nora.

»Ich muß wieder an die Arbeit, Ladys. Bis später.«

Als Aaron gegangen war, sah mich Nora aufmerksam an.

»Also, Alice«, sagte sie, »wirst du die Sache jetzt fallenlassen? Ist diese Eskapade für uns zu Ende?«

»Du kennst die Antwort auf diese Frage, Nora«, sagte ich leise. »Der *Fall* fängt gerade erst an.«

»Ich weiß, Aaron ist ein kleiner Chauvinist, Alice. Aber er hat recht, daß wir nichts zu Gefährliches tun sollten.«

»Aber nein. Mach dir darüber keine Sorgen. Ich will mich im Augenblick nicht mit irgendwelchen Mördern anlegen. Wenn ich sage ›der Fall‹, dann meine ich die wahre Geschichte von John Cerise – seine Vergangenheit. John ist jetzt so etwas wie ein Vermißter. Und ich muß ihn finden.«

»Wir«, verbesserte mich Nora. »Wir müssen ihn finden.«

Ein Mann an der Theke ließ die Eiswürfel in seinem Glas klirren. Seltsamerweise war dieses Geräusch durch den Lärm im Lokal zu hören.

Mein Nacken verkrampfte sich plötzlich. Ich begann ihn zu kneten. Dies würde meine zweite und letzte Jagd nach dem wahren John Cerise werden. Die erste hatte mit der leisen Überraschung geendet, daß mein Freund in seiner Jugend Broadway-Tänzer gewesen war. Diese Jagd mußte erfolgreicher sein. Es würde keine dritte geben.

Wie meine Großmutter immer kryptisch zu sagen pflegte: »Kämme niemals einen Teufel ohne Haare.«

14

»Alice, eins muß ich dir lassen.«

»Was?« fragte ich Nora.

»Du hast mich an einen Ort geführt, an dem ich noch nie war.«

»Gut«, sagte ich. »Das freut mich. Hoffen wir nur, daß wir am *richtigen* Ort sind.«

Eigentlich bestand nicht die Gefahr, daß wir uns verirrt hatten – nein, nichts dergleichen.

Ich meinte nur, daß ich hoffte, wir würden finden, wonach wir suchten. Ich wußte nicht, wo wir sonst hätten hingehen können.

Wir waren im Lesesaal der Bücherei der Darstellenden Künste im Lincoln Center.

Vor uns auf dem langen Tisch, den wir mit Beschlag belegt hatten, waren Theater-Jahrbücher und alte Exemplare von *Playbill* aufgestapelt, die bis zu vierzig Jahre alt waren.

Wir suchten nach Broadway-Musicals – bekannten und unbekannten, üppig ausgestatteten und bescheidenen –, in denen John Cerise vielleicht als Ballettänzer aufgetreten war.

Wir wußten, daß wir bei jedem Stück die Liste der Hauptdarsteller überspringen und gleich an den unteren Rand des Programms gehen konnten, zum Kleingedruckten, wo die Namen der Zweitbesetzungen, der Tänzer, der Ballettmitglieder und der Komparsen genannt wurden.

Ab 1958 tauchte Johns Name regelmäßig auf.

»Was ist das?« fragte ich und reichte Nora das Programm.

Sie wußte sofort über das Stück Bescheid. »*Wildcat*«, sagte sie. »Du weißt schon, Lucille Ball. … ach, stimmt. Du hast ja keine Ahnung. Du bist ein Broadway-Banause.«

»Hier ist noch eines – es heißt *Holly*. Worum ging es da? Eine Weihnachtsshow?«

Nora nahm mir das Programm aus der Hand. »Ach, du liebe Güte. Das war ein legendärer Flop. Eine Katastrophe, die es nur auf eine Aufführung brachte. Genauso wie *Kelly*.«

»Wie was?«

»Ach, egal. *Holly*, um deine Frage zu beantworten, war ein Musical, das auf *Frühstück bei Tiffany* basiert.«

»Du machst Witze.«

»Nein. Die Stars waren Richard Chamberlain und Mary Tyler Moore.«

Ich war sprachlos. Ich habe einfach keinen Sinn für Musicals.

Wir suchten weiter. Wir waren wie besessen.

Nora fiel fast vom Stuhl, als sie Johns Namen bei einem kurzlebigen Musical aus dem Jahr 1961 entdeckte – *Rio Nights*, in dem sie selbst mitgespielt hatte.

»Mein Gott! Sieh dir bitte das an!« Sie zeigte auf das Titelblatt von *Playbill*, das eine Karikatur der beiden Stars des Stücks zeigte, die sich küßten. Im Hintergrund war eine Zeichnung von Nora mit einem ausgefallenen Kopfschmuck.

»Bist das *du*?« sprudelte ich hervor wie ein Landei, das einem Star gegenübersitzt.

»Wenn du glaubst, daß das schlimm ist, sieh dir das hier an«, kicherte sie.

Ich las den Titel des Stücks: *Die zärtliche Stenotypistin*. Nora war in einem kurzen Rock, mit Bubikopf und überkreuzten Beinen abgebildet. Sie sah aus wie ein Klon von Shirley MacLaine.

»Mitleiderregend, nicht wahr?« sagte sie mit bescheidener Zurückhaltung.

»Überhaupt nicht. Du warst wirklich schnuckelig«, entgegnete ich; ich borgte mir einen Ausdruck meiner Großmutter. »Und sieh dir die Darstellerliste an.«

»Sag mir nicht, daß John auch darin aufgetreten ist!«

»Das nicht«, antwortete ich, »aber guck dir die Liste der Tänzerinnen an. Schau!«

Sie folgte meinem Finger auf der Seite.

»Letty Ann Budd«, las sie vor. »Budd? Budd! Wie ...«

»Wie Bobby Ann Budd«, beendete ich triumphierend ihren Satz. »Die junge Tänzerin, die Krispus' Testamentsvollstreckerin ist. Gehen wir noch einmal einige der anderen Darstellerlisten durch, in denen Johns Name auftaucht. Schauen wir, ob dort auch Letty Ann Budds Name steht.«

Wie sich herausstellte, war das der Schlüssel. John Cerise und Letty Ann Budd traten sechs Mal in denselben Stücken auf. Immer im Ballett oder in kleineren Rollen.

»Ich glaube, wir haben genug zum Weitermachen, Nora«, sagte ich etwa eine Stunde später. »Jetzt habe ich einen anderen Auftrag für dich.«

Weniger als vierundzwanzig Stunden später hatte Nora den ersten Teil des Auftrags ausgeführt: Sie hatte genug alte Bekannte vom Theater angerufen, um bestätigen zu können, daß Bobbi Ann Budd tatsächlich die Tochter von Letty Ann Budd, der ehemaligen Broadway-Tänzerin, war.

Ich war sicher, Nora würde auch den zweiten Teil ihres Auftrags erledigen können: für mich einen Termin mit Letty Ann zu vereinbaren.

Ich war – gelinde ausgedrückt – ganz begierig darauf,

mit Letty Ann Budd zu reden. Es gab Hunderte Fragen, die ich ihr stellen wollte – über John, über ihre Tochter, über Peter Nelson Krispus und alles, was die Beteiligten an diesem Fall miteinander verband.

Leider erwies sich das als unmöglich. Letty Ann war vor Jahren in Pension gegangen. Und 1989 an Brustkrebs gestorben.

Also mußte ich meine Hoffnung begraben, mit Hilfe von Bobbi Ann Budds Mutter etwas über Johns Geheimnisse herauszubekommen. Dieser Weg war mir verschlossen.

Was den Vater der jungen Miss Budd anlangte ... nun, der war ebenfalls tot. Aber das wußte ich ja bereits. Schließlich hatte sein Tod erst diese ganzen Ermittlungen ausgelöst.

Ich hatte keine Geburtsurkunde. Ich hatte noch nicht in Krankenhausunterlagen nachgesehen oder den Geburtshelfer oder die Hebamme ausfindig gemacht. Aber ich wußte mit absoluter Sicherheit, daß John Cerise der Vater von Letty Ann Budds Kind war.

Es konnte einfach nicht anders sein.

Mein Herz – und mein Kopf – sagten mir das.

Sie sagten mir auch, daß dieser eine Lichtstrahl auf einen grausigen Doppelmord durch eine Tür gefallen war, die sich rasch schloß. Ich mußte sie aufstoßen – und zwar jetzt!

15

Nora sah aus, als sei sie auf dem Weg zu einem mitternächtlichen Picknick.

Sie holte einen Leckerbissen nach dem anderen aus ihrer Reisetasche, die mir vorkam wie das legendäre

Füllhorn. Sie hatte Weißwein, Rotwein, Brathuhn, marinierte Artischocken, Thunfischsalat, weißen Spargel, grünen Salat, französisches Brot, Zitronentörtchen, Schokoladenkekse und noch ein paar andere Delikatessen mitgebracht, die ich nicht einmal kannte.

»Das hättest du nicht zu tun brauchen, Nora«, sagte ich. »Ich hätte mich schon um das Abendessen kümmern können.«

»Kein Problem, Schätzchen«, antwortete sie. »Ich weiß, daß du nicht kochen kannst.«

Ich hatte nicht direkt gesagt, daß ich nicht kochen *konnte*; ich hatte ihr nur gesagt, daß ich nicht sehr oft *kochte*. Aber ich sah darüber hinweg.

Wir stellten alles auf den Küchentisch. Die wunderbaren, würzigen Düfte, die den Raum erfüllten, waren berauschend.

Ich dachte, die Katzen würden den Verstand verlieren.

Bushy knurrte so mitleiderregend, daß Nora ein Stück Huhn kleinschnitt und es ihm hinunterreichte.

Pancho erhielt ebenfalls seine Portion und flitzte damit sofort davon, als wäre es seine eigene Maus, die er vor uns verstecken wollte.

»Was für eine reizende Wohnung du hast, Alice«, sagte Nora und sah sich im Loft um. »Aber warum wohnst du denn in diesem Viertel, im Niemandsland? Fällst du nicht jedes Mal, wenn du aus dem Bett steigst, in den Hudson?«

»Das ist eine sehr lange Geschichte, Nora. Hier im Westen bin ich zwar etwas isoliert, aber ich liebe diese Wohnung. Und Gott weiß, sie ist billig.«

Beim Abendessen redeten wir über die skandalöse Szene, die Tony im Bistro hingelegt hatte. Ich hatte seither nichts mehr von ihm gehört.

Nora wollte auch über mich und Aaron Stoner reden.

Ich wechselte immer wieder das Thema. Aber während wir noch am Tisch saßen, läutete das Telefon, und mein Anrufbeantworter nahm den Anruf entgegen.

Aaron.

Er hinterließ eine Nachricht, die sich in eine rein persönliche Richtung bewegte.

Ich lief hinüber zum Anrufbeantworter und drehte ihn ganz leise.

Als ich zu Nora zurückkam, grinste sie breit wie eine Cheshire-Katze.

»Sehr gut, Mädchen«, sagte sie.

»Ich mache Kaffee«, sagte ich und ignorierte ihre Bemerkung.

»Nicht nötig. Ist in der Thermosflasche.«

»Heißt das, du hast sogar Kaffee mitgebracht?«

»Ja. Ich hatte Angst, du würdest nur diesen scheußlichen löslichen Kaffee haben. Ich bin da sehr anspruchsvoll, wie du wohl mittlerweile erraten hast.«

»Schön, Nora. Wir haben königlich gespeist. Jetzt ist es Zeit zu arbeiten.«

Wir nahmen unseren Kaffee mit ins Wohnzimmer – oder was ich Wohnzimmer nannte – jenen Bereich des Lofts, in dem ein Sofa, ein paar Lehnsessel vom Flohmarkt und ein Couchtisch standen und jede Menge Katzenspielzeug herumlag.

Vielleicht war »arbeiten« das falsche Wort. Vielleicht hätte ich sagen sollen, es war Zeit für meinen Vortrag.

Ich hatte eigentlich nicht vor, zu schulmeistern, aber ich kannte mich: Ich wußte, wenn ich bei einem Fall an diesem Punkt angelangt war, benahm ich mich ein wenig wie ein überheblicher alter Professor. Ich ging im Raum auf und ab. Ich machte idiotische Gesten. Ich dachte laut. Ich feuerte Dutzende scheinbar unbeantwortbare

Fragen ab. Und manchmal bot ich Antworten darauf an – einige davon logisch, andere vollkommen abwegig. Wer immer mit mir im selben Zimmer war, er wurde zu meinem Auditorium, meinem gefesselten Publikum, meinem Resonanzboden. Heute war das Nora.

»Was haben wir hier, Nora? Nicht so sehr ein zusammenhängendes Szenario, in dem eine Tatsache oder ein Ereignis auf das andere folgt, sondern eine Ansammlung von seltsamen, verwirrenden Ereignissen und Handlungen. Sie sind willkürlich. Ja, sogar verrückt.

Und was müssen wir tun? Sie alle zusammenfügen und versuchen, einen Sinn darin zu entdecken.

Ich werde jetzt die einzelnen Elemente aufzählen … in keiner bestimmten Reihenfolge.«

»Und ich werde mir alle meine Fragen bis zum Ende des Vortrags aufheben. Läuft es so?« fragte Nora.

»Ja. So ungefähr«, sagte ich.

Sie machte es sich auf dem Sofa bequem und schlug die Beine unter. »Okay. Ich bin bereit.«

»Erstens«, begann ich. »Das Puzzle, mit dem alles begann. John Cerise begegnet mir in der Krispus-Wohnung. Ich kenne ihn so gut wie meinen eigenen Namen. Aber er leugnet, John Cerise zu sein.

Es war das klassische Verhalten von jemandem, der mit der Hand in der Keksbüchse ertappt wird. John wirkte furchtbar peinlich berührt – nein, das ist nicht einmal das richtige Wort. Nicht peinlich berührt – schuldbewußt. Also, weswegen fühlte er sich schuldbewußt?

Er muß irgend etwas Unehrliches getan haben, etwas Verbotenes.

Und ich weiß, dabei ging es nicht um den Austausch der Katzen. Deswegen hätte er niemals auch nur die geringsten Gewissensbisse gehabt.

Rätselhafte Tatsache Nummer zwei: Es steht jetzt fest, daß außer Peter Nelson Krispus zumindest noch ein weiteres Familienmitglied John Cerise kannte – und zwar Merlin Krispus. Und es ist sehr wahrscheinlich, daß auch alle anderen Familienmitglieder John kannten. Doch alle leugnen es. Warum?

Rätselhafte Tatsache Nummer drei: Angeblich war Peter Nelson Krispus pleite. Doch er besaß über zwei Millionen Dollar. Woher kam das Geld?

Rätselhafte Tatsache Nummer vier: Es kann kein Zufall sein, daß das junge Mädchen, das zur Testamentsvollstreckerin von Peter Nelson Krispus ernannt wurde, die Tochter des Mannes ist, von dem der Plan mit dem Katzenaustausch stammt – desselben Mannes, der von Adda Krispus ermordet wurde.

Was für eine Art von Verbindung zwischen John Cerise und Krispus wäre also so stark, daß Krispus zwei Millionen Dollar der Obhut von Johns Tochter übergibt?

Fünftens: Was haben die leeren Kassettenhüllen zu bedeuten, die wir in Johns Wohnung gefunden haben? Was hat er mit der Musik von all diesen Kinderfilmen getan? Und wer sollte sich die Mühe machen, sie herauszunehmen? Mit anderen Worten, wer hat sich als Johns Bruder ausgegeben?

Sechstens: Was hat Luther Kaminecki an jenem Tag getan? Was war der Grund für diese scheinbar sinnlosen Besuche – im Musikgeschäft, in der Münzwäscherei, im Delikatessenladen, bei dem Transvestiten. Was verbindet ihn mit all diesen Leuten und Orten?

Und umgekehrt, was haben diese Leute und Orte mit Peter Nelson Krispus und John Cerise zu tun?

Siebentens: Es ist offensichtlich, daß Glenda Fuchs'

Unfall mit Fahrerflucht kein Unfall war. Irgend jemand hat zwei Anschläge auf ihr Leben verübt. Beim zweiten Mal war er erfolgreich. Wer wollte sie tot sehen? Was wußte sie, das für diesen Menschen so bedrohlich war?«

Nora wartete einen Augenblick, um sicherzugehen, daß ich fertig war. Dann spendete sie mir Applaus.

»Und jetzt«, sagte sie, »gibst du mir die Antworten, stimmt's?«

»Nicht ganz, nein. Zumindest nicht auf alle Fragen. Aber wir müssen noch einen anderen Faktor berücksichtigen: Wo immer diese zwei Millionen herkamen, es war eindeutig illegales Geld. Und seine Familie wußte es. Wir wissen nicht, ob sie Krispus geholfen haben, es zu bekommen, aber sie wußten, daß es nicht sauber war. Sie warteten einfach darauf, daß sie es erbten. Als dann die Bombe platzte, daß sie nichts von dem Geld bekommen würden, drehte Adda durch.«

»Und du hast keine Ahnung, woher das Geld stammte?« fragte Nora bestürzt.

»Eine Ahnung«, wiederholte ich. »Ich würde nicht sagen, daß ich keine Ahnung habe, Nora.«

Ich schwieg lange. Nora störte meine Konzentration nicht.

Ich schwieg zwar, aber meine Gedanken arbeiteten. Sie rasten, sie waren voll von Bruchstücken von Unterhaltungen, Ausdrücken auf Gesichtern, an die ich mich erinnerte, von Anblicken, Geräuschen. Vor meinem geistigen Augen spielten sich chaotische Szenen ab.

Seit ich herausgefunden hatte, wer Bobbi Ann Budds Vater war, ergab sich für mich immer wieder eine ganz einfache Logik. Es war die Logik von Gier und Diebstahl. Ich suchte nach etwas Größerem ... Ausgefallenerem. Ich hasse es, wenn Menschen wegen Geld sterben.

Sollen sie für die Liebe oder die Ehre oder die Schönheit sterben. Aber nicht wegen Geld.

Doch leider drehte sich alles nur darum.

Schließlich brach ich mein Schweigen. »Nora, ich glaube, wir sind gar nicht so weit von der Antwort auf viele dieser Fragen entfernt.«

»Was meinst du? Hast du den Fall gelöst?« fragte sie ungläubig.

»Vielleicht. Es hängt alles von – sagen wir, es hängt zum Teil von dir ab.«

»Von mir? Inwiefern?«

»Nun, fairerweise muß ich dir sagen, daß es für dich ... wenn du bereit bist, mir zu helfen ... nicht ungefährlich ist. Wärst du bereit, das zu riskieren?«

Nora verschränkte die Arme. »Ich wußte es!« erklärte sie.

»Was wußtest du?«

»Als Aaron sagte, du sollst nichts Verrücktes tun, wußte ich, daß es nicht lange dauern würde, bis du etwas Verrücktes tust.«

»Ach, das«, sagte ich etwas verlegen. »Aber es ist nichts Verrücktes. Es ist ein Risiko, wie ich sagte. Aber ich glaube kaum, daß es verrückt ist, zu versuchen, diesen Fall zu lösen. Zu versuchen, dem Andenken an John Frieden zu verschaffen. Zu versuchen, Glenda Fuchs und ihren streunenden Katzen Gerechtigkeit angedeihen zu lassen. Aber ich kann nicht von dir verlangen, daß du dich in Gefahr begibst.«

»Ach, vergiß das«, sagte Nora ungeduldig. »Natürlich helfe ich dir. Den Guten passiert nie etwas allzu Schlimmes, stimmt's? Und wir sind die Guten. Unsere Herzen sind rein – stimmt's?«

»Rein wie frisch gefallener Schnee.«

»Was genau hast du vor, Alice? Und wann?«

»Morgen«, sagte ich bestimmt. »Morgen werden wir den Köder auslegen ... und dann ... die Falle zuschnappen lassen.«

Ich knallte die Faust auf den Couchtisch.

»Autsch!« sagte sie und zuckte zurück. »Und wer wird sich in dieser Falle fangen?«

»Das ist nicht unser Problem, Nora.«

16

Noras Anspielungen auf Sam Spade und *Pulp Fiction* waren eine ständige Quelle der Heiterkeit für mich. Ich bin alles andere als eine whiskeytrinkende, schlagkräftige *Film-noir*-Heldin. Und sogar Nora selbst war es mit ihren hartgesottenen Detektivinnen nicht ganz Ernst.

Aber an jenem Tag mußte ich zugeben, daß ich in eine Art Raymond-Chandler-Stimmung kam. Bevor ich am Nachmittag aus dem Haus ging, setzte ich einen Hut auf.

Die 8th Avenue im Regen.

»Sind wir bereit?« fragte ich Nora.

»Bereit«, antwortete sie feierlich.

Wir standen in einer Art graslosem Park, wo viele Leute, die in der Gegend arbeiteten, ihr Mittagessen zu sich nahmen oder sich an schönen Tagen sonnten – ein architektonisch gestalteter Platz, den das Bürogebäude gegenüber dem McDonald's, in dem ich in die Kinderparty geraten war, der Öffentlichkeit zur Verfügung stellte.

Als ich Luther Kaminecki damals gefolgt war, hatte ich ihn zuerst in das Musikgeschäft auf der anderen

Straßenseite gehen gesehen. Dort würden Noras und mein Einsatz beginnen.

Ich entschied, daß ich zuerst hineingehen und mich umsehen sollte. Wenn ich nicht binnen fünf Minuten wieder da bin, sagte ich zu Nora, mach weiter wie geplant.

Ich überquerte die Straße und ging in das Geschäft. Ich hatte ein wenig Angst.

Der Mann hinter dem Verkaufstisch hatte schütteres Haar und einen langen Pferdeschwanz. Er trug einen irischen Fischerpullover.

An einem vollgeräumten Schreibtisch an der hinteren Wand saß ein wesentlich jüngerer Mann in Jeans und Jeanshemd. Er ordnete Karteikarten in eine Box ein. Er nahm keinerlei Notiz von mir, doch dann sah ich, daß er Kopfhörer aufhatte. Er war so in sein rhythmisches Schaukeln und das Ablegen der Karten vertieft, daß er wahrscheinlich nicht einmal bemerkt hätte, wenn Arnold Schwartzenegger das Geschäft betreten hätte.

Als er die Kassette herausnahm und umdrehte, konnte ich kurz sehen, was er sich anhörte: *West Side Story.*

Als mich der langhaarige Mann hinter dem erhöhten Verkaufspult fragte, ob er mir helfen konnte, schüttelte ich lässig den Kopf.

»Ich sehe mich nur um«, sagte ich. »Wenn ich Hilfe brauche, sage ich es Ihnen.«

Ich schlenderte eine Weile herum, blieb dann ein paar Meter von der Registrierkasse entfernt stehen und tat, als sei ich ganz vertieft in einen Stapel Birgit-Nilsson-Schallplatten.

Nora kam sechs Minuten später herein und schüttelte den Regen von ihrem Schirm.

Sie wartete nicht darauf, daß der Mann sie fragte, ob sie Hilfe brauche, sondern ging direkt zum Verkaufstisch. Sie sah sich kurz um und beugte sich dann zu ihm vor.

»Sind Sie der Besitzer?« fragte sie.

»Ja. Ist irgendwas nicht in Ordnung?«

Statt die Frage zu beantworten, preschte sie vor: »Kaufen Sie auch?«

»Das hängt davon ab«, sagte er. »Wenn Sie etwas haben, das interessant scheint. Manchmal kaufen wir ganze Sammlungen.«

»Ausgezeichnet, ausgezeichnet«, sagte Nora, »weil ich eine sehr umfangreiche Kassettensammlung habe. Und ich will einen guten Preis dafür ... einen *sehr* guten Preis.«

Darauf gab der Besitzer keine Antwort. Er sah Nora neugierig an.

»Ich habe gehört, Sie haben sich auf eine bestimmte ... eine bestimmte Art von Musik spezialisiert«, fuhr Nora fort.

»Das stimmt. Was wollen Sie verkaufen – Oper? Jazz?«

»Nicht unbedingt«, antwortete Nora. »Ehrlich gesagt, glaube ich, meine Kassetten wären eher etwas für Kinder als für Erwachsene.«

Sie sprach jetzt fast im Flüsterton.

Das hatte genau den Effekt, den sie beabsichtigte. Der Mann beugte sich näher zu ihr.

»Eigentlich«, sagte sie, »habe ich viele Kopien derselben Kassette.«

Ich konnte die Spannung im Nacken des Mannes fast spüren. Ich nahm eine der Platten, in denen ich herumkramte, und ging damit zu einem anderen Regal. Ich tat, als interessiere ich mich nicht im geringsten für ihre Unterhaltung.

»Was für eine Kassette?« hörte ich ihn mit leiser Stimme fragen.

»*Dumbo*«, sagte sie langsam.

Der Blick des Mannes schoß einmal im Raum herum.

»Ich habe auch *Schneeweißchen und Rosenrot*«, fügte Nora dann in normaler Lautstärke hinzu.

Plötzlich zog sich der Mann im Pullover zurück.

»Nein, danke«, sagte er.

»Wozu sagen Sie nein, danke?« fragte Nora und schaffte es, drohend zu klingen.

»Zu allem«, sagte der Geschäftsinhaber kalt. »Wir sind nicht interessiert.«

»Sind Sie da ganz sicher?« fragte sie mit einem geheimnisvollen Lächeln.

Jetzt drehte er Nora den Rücken zu. »Ich habe sehr viel zu tun«, sagte er und blätterte sinnlos in einigen Papieren neben der Kasse.

Nora trat rasch ab.

Ich hörte die Ladentür zufallen. Bei dem Geräusch lief es mir etwas kalt über den Rücken, aber ich bemühte mich, nicht zu reagieren.

Der Geschäftsbesitzer warf einen Blick in meine Richtung, und ich hoffte, alles, was er sah, war eine schrullige Musikliebhaberin mit einem alten Pelzhut, die Aufnahmen von *Madame Butterfly* verglich.

Er hob den Hörer des schwarzen Telefons mit Wählscheibe ab.

Wäre ich ein kleines Tier, ich hätte wahrscheinlich jetzt meine Ohren gespitzt.

Doch ich hörte nur, wie der Hörer wieder aufgelegt wurde.

»Miss, sind Sie bald fertig?« rief er zu mir herüber.

Ich tat, als höre ich nicht, und zwang ihn, nochmals zu rufen: »Miss, brauchen Sie noch lange?«

»Nun ... ich bin fast ...«

»Tut mir leid, aber Sie werden später wiederkommen müssen, am Nachmittag. Ich schließe über die Mittagszeit.«

»Wirklich?« sagte ich herrisch. »Wie europäisch.«

Und damit legte ich die Birgit-Nilsson-Platte in den falschen Kasten und rauschte hinaus.

Der Pferdeschwanz ging nicht Mittag essen. Als ich die Tür hinter mir schloß, hörte ich ihn am Telefon wählen.

Nora und ich trafen uns unter der Markise des Kinos in der 50th Street, zwischen der 8th und der 9th Avenue. Wie vereinbart hatte sie einen Wäschebeutel mit schmutzigen alten Tischtüchern und Servietten aus dem Bistro dabei. Sie hatte ihn beim Platzanweiser hinterlegt, bevor wir unsere Show im Musikgeschäft abgezogen hatten.

Ich gratulierte ihr zu der guten Vorstellung, die sie dem Besitzer des Musikgeschäfts gegeben hatte. Dann traten wir wieder hinaus in den Regen und gingen zu der Münzwäscherei um die Ecke, der Luther Kamineckis zweiter Besuch gegolten hatte.

Nicht allzu viele Leute wuschen hier ihre Wäsche. Das Wetter hielt sie davon ab. Das war gut.

»Wer bin ich diesmal?» Ich habe einmal ein recht reizvolles Stück mit diesem Titel gesehen. Es ging um eine Gruppe von Schauspielern in einer Amateurtheatertruppe.

Diesmal war ich eine schwierige – vielleicht nicht ganz normale – Kundin, die wütend war, daß sie in der Münzwäscherei nicht ihr Lieblingswaschpulver verkauften. Ich machte dem Geschäftsführer, einem korpulenten Mann von etwa fünfzig Jahren mit Monjou-Bärtchen, eine fürchterliche Szene. Ich schimpfte über alles – über die Größe der Wäschetrockner, über die Tatsache, daß es keinen Getränkeautomaten gab, über den ungeheuerlichen Preis von 75 Cent pro Waschmaschinenfüllung.

Er ließ mich schließlich angewidert stehen und kehrte zum Ladentisch zurück, wo sich die Registrierkasse und die Wäschewaage befanden.

Ich beschäftigte mich als erstes mit der Suche nach einer freien Waschmaschine und dann mit der Suche nach einem bequemen Stuhl, wo ich sitzen und vor mich hin dösen konnte, während meine Sachen gewaschen wurden.

Natürlich döste ich nicht wirklich.

Ich setzte mich auf einen Stuhl in der Nähe des Tisches, an dem der Geschäftsführer stand.

Dann kam Nora in ihrem braunen Regenmantel hereingeschneit – anmaßend und streitlustig.

»Wer führt diesen Laden?« fragte Nora mit lauter Stimme die dünne Frau, die in der Nähe des Eingangs Wäsche zusammenlegte.

Die Frau zeigte auf den Tisch im hinteren Teil des Raumes.

Nora marschierte hin. Sie rauchte eine Zigarette. Ich konnte es riechen, als sie an mir vorbeiging.

»He, Sie!« blaffte sie den Geschäftsführer an.

Ich glaube, der Mann hatte herrische Frauen inzwischen ein wenig satt. Die Hand in die Hüfte gestützt, stand er da.

»Was zum Teufel wollen Sie?«

»Ich sage das nur einmal«, erwiderte Nora, »also hören Sie gut zu. Ich habe eine Lieferung. Nennen Sie mir die richtige Summe, und sie gehört Ihnen.«

»Lieferung?«

»Richtig, Freundchen.«

Er lachte spöttisch über den veralteten Ausdruck, den sie verwendete. »Eine Lieferung von was, Lady?«

»Eine Lieferung von *Dumbo*. Von *Dumbo* und *Aschenputtel* und all ihren Freunden.«

Jetzt lachte er nicht mehr. »Wovon reden Sie?«

»Ich habe es Ihnen gesagt!« sagte Nora ungeduldig. »Ich werde mich nicht wiederholen. Sie vergeuden hier meine Zeit. Sind Sie interessiert oder nicht?«

Forschend sah er die Frau an, die mit gespreizten Beinen vor ihm stand. Von ihrem Regenschirm tropfte stetig Wasser auf den Fußboden.

»Wer *sind* Sie?«

»Das tut nichts zur Sache«, fauchte Nora. »Ich weiß, wer *Sie* sind. Das allein zählt. Also, sind Sie an den Kassetten interessiert, oder soll ich woanders hingehen?«

Er stand da und schüttelte den Kopf. »Verschwinden Sie. Ich weiß nicht, wovon Sie reden. Raus hier.«

Nora zuckte die Achseln. »Es ist Ihre Beerdigung, Freundchen.«

Sie drehte sich auf dem Absatz um und war ein paar Sekunden später draußen.

Der Geschäftsführer zog hastig sein Jackett an. Er wechselte ein paar Worte mit der dünnen Frau bei der Eingangstür und lief eilig hinaus.

Ich folgte ihm.

Er rannte die Straße hinauf und suchte dabei in seinen Hosentaschen herum.

An der Ecke blieb er stehen, schloß einen dunkelgrünen Volvo auf und brauste binnen weniger Sekunden davon.

Ich hatte Nora gesagt, wenn in der Münzwäscherei der Vorhang gefallen war, solle sie sich auf die Suche nach dem Transvestiten mit den drahtigen Haaren machen.

Die nächste Szene gehörte mir allein.

Der gepflegte Mann, der Suppendosen in Regale räumte, drehte sich um, als ich die *Bodega* betrat.

»Guten Tag«, grüßte er mich.

Ich lächelte ihn an.

Er sah unwerfend gut aus, hatte seidige schwarze Haare, kohlschwarze glänzende Augen, den Körper eines Tänzers und eine schmale Taille.

Ich glaube nicht, daß sich irgend jemand so einen typischen Angestellten in einem Lebensmittelladen vorstellt.

»Julio!« rief ihn jemand aus einem rückwärtigen Raum.

»Ja?«

»Eine Lieferung!« antwortete die körperlose Stimme.

»Ich bin gleich wieder da«, versprach Julio und verschwand im hinteren Teil des Geschäftes.

So hatte ich ein paar Minuten Zeit, mich in dem Delikatessenladen umzusehen. Er blitzte vor Sauberkeit. Die Waren waren auf den Regalen appetitlich arrangiert, der Fußboden war frisch gewischt, der marmorne Verkaufstisch sauber und nicht vollgerammelt. Selbst das Schaufenster war blankgeputzt.

Alles in allem war die *Bodega* ganz anders als die üblichen Delikatessenläden in diesem Viertel, wo die Kunden häufig nur Zigaretten und billiges Dosenbier kauften und ab und zu auch ein Sandwich zum Mittagessen.

Julio sah nicht nur aus wie ein Tänzer. Er *war* einer. Oder er war einer gewesen, bevor er damit aufgehört hatte.

Ein bißchen oberflächliches Flirten, während ich Schokoladenkekse und Cornflakes aus dem Regal nahm, brachte diese Information ans Tageslicht.

»Kann ich Ihnen sonst noch irgendwie behilflich sein,

schöne Señorita?« fragte mich der galante Julio, als ich einen kleinen Berg Lebensmittel auf den Verkaufstisch gelegt hatte.

»Wissen Sie, Julio, ich bin wirklich froh, daß Sie mich das gefragt haben«, antwortete ich. »Wie das so ist, können Sie mir heute sogar sehr helfen.«

»Ach ja?«

»Ja. Sehen Sie, ich bin gerade etwas knapp bei Kasse.«

»Wer ist das nicht, meine schöne Dame?« sagte er. Das Glitzern in seinen Augen nahm bereits deutlich ab.

»Aber darum geht es ja, Julio. Wenn wir heute ins Geschäft kommen, springt für uns beide was raus.«

»Für uns *beide*, was?« Er lachte. »Das ist ja 'ne ganz neue Masche, Baby. Was für einen Trick haben Sie auf Lager?«

»Keinen Trick«, beruhigte ich ihn. »Ganz und gar nicht. Ich habe etwas, das Sie vielleicht kaufen wollen. Und dann können Sie es zu einem noch höheren Preis weiterverkaufen. Sie wissen schon, wie üblich. So läuft es doch, nicht wahr? Großhandel und Einzelhandel. Angebot und Nachfrage.«

»Wovon reden Sie, Miss?«

»Musikkassetten«, sagte ich mit harter, ernster Stimme.

»Da sind Sie im falschen Geschäft«, antwortete er. Er versuchte etwas zu überspielen. »Das hier ist ein Lebensmittelgeschäft, Miss. Wir verkaufen keine Kassetten.«

»O doch, Julio, Sie verkaufen sehr wohl Kassetten – zum Beispiel *Schneeweißchen und Rosenrot* und *Dumbo* und *Aschenputtel*.«

Er wirkte am Boden zerstört, krank. »Wo haben Sie ...« Julio verstummte.

»So ist's recht«, sagte ich. »Stellen Sie lieber keine Fragen. Also, wollen Sie die K-A-S-S-E-T-T-E-N, ja oder nein?«

»N-E-I-N«, fauchte er.

»Wie Sie meinen, Julio«, antwortete ich. »Bis bald.«

»Einen Augenblick!« rief er, als wir zur Tür gingen. »Wer sind Sie?«

»Wer ich bin? Mein Name ist Nora Karroll«, rief ich zurück. »Auf Wiedersehen, Julio.«

Jetzt war der Köder wirklich ausgelegt.

Nora hatte zu ihrer Zeit ziemlich viele Rollen gespielt, einschließlich zweier herausragender Leistungen heute.

Aber jetzt sah es aus, als spiele sie die Jungfer in Not.

Als ich um die Ecke in die 10th Avenue bog, sah ich, wie sie sich vor dem Transvestiten mit den orangefarbenen Haaren duckte, der seine perlenbesetzte Handtasche über Noras Kopf hob, als wolle er damit auf sie einschlagen.

Ich schrie auf, bevor die Handtasche auf ihrem Kopf landete. Der Rotschopf wackelte auf seinen hochhackigen Schuhen eilig davon.

Ich lief zu Nora. »Ist alles in Ordnung?« fragte ich atemlos.

Ich wußte nicht, ob sie lachte oder weinte. Vielleicht beides.

Es regnete noch immer.

Ins Pal Joey zurückgekehrt, setzten wir uns mit unseren dampfenden heißen Teetassen hin. Ich verschlang die winzigen Sandwiches, die Noras Souschefin für uns gemacht hatte.

»Wer hätte das gedacht?« bemerkte Nora trocken. »Ich fange in der Rolle von Della Street an und spiele am Ende Edward G. Robinson.«

»Ich habe mir wirklich gewünscht, ich hätte deine Szene in der Münzwäscherei mit der Videokamera aufnehmen können«, sagte ich. »Das einzige, was fehlte, war eine Zigarre in deinem Mund.«

Sie lachte. »Ich wette, Robinson ist nie mit der Handtasche eines Transvestiten verdroschen worden. Aber jedenfalls hoffe ich um deinetwillen«, sagte sie resigniert, »daß nicht alle deine Fallen so enden.«

»Was meinst du?« fragte ich.

»Was meinst du, was ich meine? Es war eine Pleite, nicht wahr? Ein Mißerfolg. Ich habe keine Falle zuschnappen gehört.«

»Natürlich nicht«, sagte ich sanft. »Das kommt daher, daß sie noch nicht aktiviert worden ist.«

Ihre Augen weiteten sich. »O mein Gott, willst du damit sagen, daß noch etwas folgt?«

»Ja«, sagte ich. »Es folgt noch etwas.«

»Noch mehr Risiken?«

»Richtig. Aber im Grunde sind wir bei diesen vier Typen heute kein Risiko eingegangen – abgesehen von der perlenbesetzten Handtasche.

Weißt du, all diese Typen sind einfach erfolgreiche Geschäftsleute. Oder vielleicht sollte ich sagen, Teil eines erfolgreichen Geschäfts. Von keinem von ihnen hat uns echte Gefahr gedroht.«

»Also, wo geht es dann um ein echtes Risiko?« fragte Nora. »Wann schnappt die Falle wirklich zu?«

»Heute nacht höchstwahrscheinlich«, sagte ich. »Heute nacht. Genau hier, im guten alten Pal Joey.«

»Wir sollten beide nach Hause gehen und diese ekelhaften feuchten Klamotten ausziehen«, sagte Nora.

»Tut mir leid«, sagte ich, »aber das ist ausgeschlossen.«

»Ausgeschlossen? Warum denn?«

»Weil wir beide uns den Rest des Tages unsichtbar machen müssen, Nora. Wir müssen richtiggehend verschwinden.«

»Oh«, sagte sie und fragte dann nach einer kurzen Schrecksekunde: »Warum?«

»Das wirst du in einer Minute sehen«, sagte ich. »Aber vorher muß ich noch etwas nachprüfen: Das Pal Joey schließt heute um Mitternacht, ist das richtig?«

»Ja.«

»Und deine Wie-heißt-sie-doch-gleich – du weißt schon, deine rechte Hand in der Küche ...«

»Die Souschefin?«

»Ja – hat sie heute abend Dienst?«

»Ja.«

»Gut. Denn sie wird sich heute um das Abendgeschäft kümmern müssen. Du wirst nicht im Lokal sein. Man sollte sogar dem gesamten Personal sagen, daß du heute abend nicht da bist, falls jemand fragen sollte. Ab sofort gehst du nicht mal ans Telefon.«

»Okay.«

»Und zu guter Letzt: Ich möchte, daß du doch einen einzigen Anruf tätigst. Sag genau das, was ich dir sage.«

»Ich höre und gehorche, Boß.«

Sie griff nach einem der Sandwiches und nahm die zwei Brotscheiben auseinander.

»Schnapp!« rief Nora und knallte die beiden Brotscheiben brutal aufeinander wie die beiden Teile einer stählernen Falle, die zuschnappen.

17

Aus dem Lärm im Lokal zu schließen, ging das Geschäft heute abend gut.

Aber das war nur eine Vermutung.

Wir konnten es nicht mit Sicherheit sagen, da Nora und ich uns in schwarzen Kellnerhosen und weißen Hemden den ganzen Abend im Büro hinter dem Restaurant versteckt hielten.

Den Angestellten hatte man gesagt, sie sollten weitermachen, als wäre Nora mit Zahnschmerzen nach Hause gegangen.

Der Abend vergeht wirklich langsam, wenn man im Finstern eingesperrt ist. Nicht reden darf. Kein Geräusch machen darf. Nicht Scrabble spielen darf. Nicht Radio hören darf. Nichts tun darf.

Man ertappt sich dabei, wie man überlegt, wer wohl gerade zu Hause anruft. Was die Katzen wohl jetzt machen? Wie wohl der Mond vom eigenen Fenster aus aussieht?

Aber der Abend ging doch zu Ende. Zu guter Letzt.

Zu guter Letzt zeigte die Digitaluhr auf Noras Bürotisch 12 Uhr.

Wir konnten in der Küche die Töpfe klirren hören; den Hilfskellner, der den Mülleimer ausleerte; das Scharren der Stühle, die über Nacht auf die Tische gestellt wurden; das Geräusch der Registrierkasse, als die Tageseinnahmen zusammengezählt wurden.

Und dann ging im Lokal das Licht aus.

Alles war still. Alles schwarz.

Ja, das Restaurant war jetzt geschlossen. Aber in Wahrheit war es jetzt wichtiger als je zuvor, daß wir vorsichtig waren, still waren.

Und wirklich, keine dreißig Minuten nach dem letzten gedämpften »Gute Nacht, bis morgen«, hörten wir im Restaurant Geräusche.

Wir erstarrten beide.

Wie Nora oftmals betont hatte, gab es im Pal Joey keine Mäuse.

Nach einer weiteren Minute ging knarrend die Tür zum Büro auf. Ich konnte hören, wie Nora versuchte, das Atmen zu unterdrücken.

Schnelle, dringliche Schritte.

Ein drängendes Flüstern.

Wir hatten uns vorgenommen, zu warten und bis zehn zu zählen und erst dann den Lichtschalter an der Wand anzumachen. Der oder die Täter würden vom plötzlichen Licht überrumpelt werden, während Nora die Pistole auf sie richtete, die sie in ihrer Schreibtischlade aufbewahrte.

Doch hierbei stahlen uns die Eindringlinge die Schau. Einer von ihnen ging zum Schreibtisch und schaltete die Lampe mit dem grünen Schirm an.

»Stimmt«, sagte ich ruhig. »Sie wissen ja genau, wo alles ist, … nicht wahr, Gus?«

Ich schaltete die Deckenbeleuchtung ein.

»Du heiliger Bimbam«, sagte Nora. »Gus! Du mieser kleiner …«

Es war der freundliche Barkeeper aus dem *Cozy*. Derselbe, der uns so bereitwillig von Bobbi Ann Budd erzählt hatte. Derjenige, den Nora auf meine Bitte am frühen Abend angerufen und gefragt hatte, ob er sich ein paar Dollar dazuverdienen wollte, indem er heute abend im Bistro aushalf.

Und neben ihm stand, wie gelähmt und wie hypnotisiert auf die Mündung von Noras Waffe starrend, Jane Krispus.

»Ich weiß nicht, wie Sie in den Wandsafe gelangen wollten«, sagte ich zu Gus. »Aber es hätte Ihnen nichts genützt, selbst wenn Sie die Kombination gekannt hätten. Weil hier keine Kassetten liegen ... und auch sonst nirgendwo.«

Gus und Jane blieben weiterhin stumm.

»Du siehst, was ich meinte, als ich sagte, daß es nicht besonders gefährlich ist, nicht wahr, Nora?« sagte ich. »Diese beiden wirken auf mich nicht gerade wie Bonnie und Clyde.«

Wir warteten. Die Stille war nervenzerfetzend. Nora wedelte mit ihrer blöden Kanone herum. Die Luft im Büro war inzwischen furchtbar stickig.

»Und wenn sie weiterhin keinen Ton von sich geben?« fragte Nora.

»Das ist auch okay«, antwortete ich. »Die Mörder von Glenda Fuchs können ohnehin nicht sehr viel zu ihren Gunsten sagen.«

Da brach Jane Krispus zusammen.

»Ich habe sie nicht umgebracht!« protestierte sie. »Und er auch nicht.«

»Ach, wirklich?« sagte ich spöttisch. »Sind Sie sicher, daß nicht die Dinge außer Kontrolle gerieten ... daß Sie, obwohl Sie nicht vorhatten, jemanden zu töten, entschieden, daß Glenda zum Schweigen gebracht werden mußte ... weil sie zuviel wußte?«

»Nein!« beharrte sie. »Das war ...«

»Nur weiter, Jane«, sagte ich. »Das war wer? Sie müssen die Geschichte ohnehin bald erzählen. Wer hat Glenda umgebracht? Entweder er oder Sie, Jane. Wer war es?«

»Luther«, sagte Gus tonlos. »Luther Kaminecki.«

Nora hielt ihre Waffe noch immer gezückt, aber ich hatte Jane und Gus erlaubt, sich hinzusetzen.

Er rauchte gierig, während Jane redete, und er wich Noras Blick aus.

»Es hat nicht mit uns angefangen«, sagte Jane mit einer Geste, die Gus einschloß. »Nichts von alledem hat mit uns angefangen.

Vor langer Zeit kam mein Schwiegervater – noch bevor er mein Schwiegervater wurde – auf eine Idee, die Tausende Dollar einbringen sollte. Sie hatte mit der Art von Broadway-Musicals zu tun, die er verachtete. Gegen die er sein ganzes Leben ankämpfte. Er konnte die Vorstellung nicht ertragen, daß er nicht mehr als eine Randfigur war, ein Fliegenklecks in der Theatergeschichte, während diese Shows, die er so haßte, von Millionen Menschen geliebt wurden.

Also hatte er die Idee, jene Shows – und die Leute, die sie auf die Bühne brachten, und die Menschen, die sie liebten – für seine eigenen Zwecke zu nutzen.

Er hatte Partner bei seinem Plan. Menschen, um die sich im Musiktheater alles dreht. Die wichtigsten davon waren ein Tänzer und eine Tänzerin. John Cerise und Letty Anne Budd.

Irgendwann machte auch Gus mit. Und natürlich Luther Kaminecki. Schließlich sprang auch ich auf diesen Zug auf. Aber am Anfang waren es nur Peter, John und Letty Ann.

Was, so fragte sich Peter, wollen die eingefleischten Broadway-Fans wirklich, abgesehen von der Show selbst? Die Antwort lautet: sie wollen alles. Sie wollen die Stars kennenlernen. Völlig ungeschminkt. Sie wollen wissen, wie so eine Broadway-Show entsteht. Sie wollen den ganzen saftigen Klatsch. Sie wollen wissen, wer mit wem schläft. Alles mögliche in dieser Richtung. Die schmutzigste Wäsche hinter den schnulzigsten Liedern.

Also wurden Letty und John seine Spione. Im Endstadium der Proben für jede Show, in der sie auftraten, trugen sie versteckte Mikrophone. Sie nahmen die hektischen Änderungen in letzter Minute auf Band auf. Die entscheidenden Kostümproben. Und manchmal versteckten sie Wanzen in den Garderoben ihrer Kollegen.

Ziemlich bald gab es genug Insider-Material, um das Herz eines jeden echten Broadway-Fans zu erfreuen. Auf diese Weise bekamen die Fans Nummern zu hören, die letztendlich aus der Show rausflogen, sie erfuhren, wer in New Haven gefeuert wurde, wer die Freundin des Regisseurs und wer insgeheim schwul war – einfach alles.

Sie wären überrascht, wie viele große Shows sie aufnahmen. John und Letty waren ein wichtiger Bestandteil dieser Shows – aber völlig unauffällig. Niemand kannte ihre Namen ... und ganz gewiß verdächtigte sie niemand.

Im Laufe der Jahre mußten andere Künstler angeheuert werden. Jüngere Sänger oder Tänzer, bei denen man sich darauf verlassen konnte, daß sie die guten Sachen auf Band bekamen. Und daß sie den Mund hielten.«

Sie verstummte einen Augenblick und warf Gus einen Blick zu, als ob sie ihn um Unterstützung bitte. Gus reagierte nicht. Als sie mit ihrer Geschichte fortfuhr, sprach sie langsamer.

»Die Verteilung der Kassetten lief etwas sonderbar, aber es war eine verschworene kleine Gruppe diskreter Menschen. Ein ehemaliger Tänzer kaufte zur Tarnung ein Lebensmittelgeschäft. In seinem Keller werden die Kassetten zusammengeschnitten.

Ein anderer Beteiligter liefert von seinem Musikgeschäft aus. Und so weiter.

Ich brauche wohl nicht zu erwähnen, daß die richtigen Namen der Shows nicht ausposaunt werden können, also arbeitete man eine Reihe von Codenamen aus.

Manchmal verwenden sie die Titel von Zeichentrickfilmen. *Aschenputtel* ist vielleicht *Sunset Boulevard*; *Dumbo* eine Neuauflage von *Showboat*.

Andere Titel klingen nach Gebrauchsanweisungen: *Wie man einen Wasserhahn repariert* könnte zum Beispiel *Les Miserables* sein ... was immer.

Hits. Flops. Shows, die es nicht einmal bis zum Broadway schafften. Das alles spielt für den Broadway-Fanatiker keine Rolle. Das einzige, was zählt, ist, daß man alle Insider-Informationen hat.

Manchmal engagierte Peter einen Regieassistenten oder eine Kostümschneiderin. Oder den Mann, der für die Geräuscheffekte zuständig war und Geld brauchte. Alle möglichen Leute, die Zutritt zu dieser Welt haben und tief im Herzen einer kleinen Gaunerei nicht abgeneigt sind. Menschen wie Gus zum Beispiel, der jahrelang als Inspizient gearbeitet hat.

Stellen Sie sich nur vor, bei 200 bis 500 Dollar pro Kassette, und das über all diese Jahre, erzielte Peter eine bessere Rendite als bei Kommunalanleihen.

Und Peter *brauchte* Geld, wenn er seinen ekelhaften Lebenswandel weiterführen wollte. Er war ja ein ziemlicher Weiberheld. Im Laufe der Jahre hatte er eine ganze Reihe von Frauen. Die meisten davon hielt er im großen Stil aus. Und das direkt vor Addas Augen, dieser armen, treu ergebenen Sklavin.

Und natürlich mußte er auch seine eigenen Produktionen mitfinanzieren. Einen Flop nach dem anderen.

Ein abstruses Ausstattungsstück nach dem anderen. Sie können sich gewiß vorstellen, welche Löcher das in sein Bankkonto fraß.«

Hier unterbrach ich sie.

»Schön, Jane. Sie haben gesagt, warum Peter Nelson Krispus Geld brauchte. Und was ist mit John und Letty? Wie konnten die etwas so Abscheuliches tun?«

»Was glauben Sie, warum?« fragte sie ungeduldig. »Armut ist ein ziemlich gutes Motiv, meinen Sie nicht? Armut und ganz simple menschliche Geldgier. Wie finanzierte John wohl seinen Lebensstil – aus seinen Ersparnissen von seiner Karriere als Ballettänzer? Wohl kaum. Was glauben Sie, wie er zum Katzen-Dandy wurde? Woher, glauben Sie, kam das Geld für sein Haus in New Jersey – von reichen Eltern? Nein. John war wie ich – er hatte nie wirklich was, als er jung war. Er dachte sich wohl, es sei höchste Zeit, sich ein Stück vom großen Kuchen zu nehmen.«

Ich brauchte eine Minute, bis ich das verdaut hatte. Es war das erste Mal, daß ich akzeptierte, daß John Cerise ein niedriges Motiv unterstellt wurde. Es schmerzte nicht so, wie ich erwartet hatte.

Ich wollte, daß Jane Krispus mit ihrer Geschichte fortfuhr; es mußte noch viel mehr zu erzählen geben.

»Was ist mit dem Rest der Familie Krispus?« fragte ich. »Mit Ihrem Mann? Wußten die von Peters Geschäften? Wußte Adda davon?«

»Die Antwort auf diese Frage ist kompliziert«, sagte sie. »Die Antwort ist ja – und nein.

Es dämmerte ihnen allmählich, daß Peter eine Menge Geld angehäuft hatte. Er begann sogar, ihnen ab und zu ein wenig davon zu geben – er wurde im Alter großzügig. Im Vorjahr finanzierte er Merlins Antiquitätengeschäft, und im Frühjahr wollte er Hume und mir eine Kreuzfahrt schenken. Ich glaube, der alte Mistkerl wußte, daß er bald sterben würde, und wollte eine kleine Wiedergutmachung dafür leisten, daß er ein so miserabler Vater gewesen war.

Also, ja, sie wußten, daß Geld da war. Aber sie hatten keine Ahnung, wie er dazu gekommen war. Sie wußten nur, daß er bald sterben würde und daß sie seine rechtmäßigen Erben waren. Sie ahnten nicht«, fügte Jane mit einem bitteren Lachen hinzu, »daß ihr Erbe an zwei Katzen gehen würde!

Von den Kassetten erfuhren sie sehr spät – erst im vorigen Jahr. Etwa um dieselbe Zeit, als mein Mann entdeckte, daß ich eine Affäre hatte ... mit John. Erst als sich John eine Wohnung in der Stadt nahm, merkte er, was zwischen uns lief.«

Du meine Güte!

Diese Neuigkeit traf mich unvorbereitet. Aber ich war nicht unglücklich darüber. Ich war froh, daß John jemanden in seinem Leben gehabt hatte, und es wurde immer klarer, daß Jane ihn wirklich geliebt hatte.

»Ich bedaure es nicht im geringsten«, sagte sie trotzig. »Ich führte mit Hume eine schreckliche Ehe, und ich konnte nicht aussteigen. Es war, als wäre ich mit ihnen allen verheiratet – mit der ganzen nervtötenden Familie Krispus –, und allmählich verachete ich sie alle. Trotzdem wußte ich nicht, wie ich da herauskommen sollte. Und genau dabei half mir John. Wissen Sie, ich hatte vor, Hume zu verlassen, und er wußte es.«

»Glauben Sie, daß Hume das Adda auch erzählt hat?« fragte ich.

»Höchstwahrscheinlich, ja.«

Oh, dachte ich. Ja, das klingt logisch. Noch ein Grund

für Addas mörderische Wut auf John. Ein weiterer Nagel in Johns Sarg.

»Jane, kennen Sie Bobbi Ann Budd?«

»Ja«, antwortete sie vorsichtig.

»Sie ist Johns Tochter, nicht wahr?«

»Ja.«

»Ist sie ein nettes Mädchen?« fragte ich wehmütig. »Standen sie und John einander nahe?«

»Sie ist ein wunderbares Mädchen, Miss Nestleton. Und sie hatte mit diesen ganzen Machenschaften nichts zu tun. John liebte dieses Mädchen und hätte alles getan, damit sie nicht in Schwierigkeiten kommt. Das müssen Sie mir glauben.«

»Gut. Ich glaube es Ihnen«.

»Und wie Sie sagen, sie und John standen einander nahe. Aber er – er hat ihr nie gesagt, daß sie sein Kind ist. Sie kannte ihn nur als alten Freund ihrer Mutter. Er war Onkel John, der ihr half, wann immer sie einen Freund brauchte. Ich hatte ihn gerade davon überzeugt, daß er ihr die Wahrheit sagen sollte. Wenn wir erst zusammengezogen waren, wenn wir ... geheiratet hatten ... wollte er ihr die Wahrheit sagen.«

Jane weinte leise und starrte vor sich hin.

Die Wahrheit. Was für ein einfaches Wort. In diesem Fall war sie aber alles andere als einfach.

»Und jetzt erzählen Sie mir von Luther Kaminecki«, sagte ich, als Jane sich nach ein paar Minuten wieder gefangen hatte.

»Dieser geile alte ...«

Dann verstummte sie. »Ach, was nützt es, Luther die ganze Schuld zu geben? Er hat nichts Schlimmeres getan als wir anderen – zumindest anfangs nicht.

Aber er war überzeugt, daß John Glenda Fuchs von

der Geschichte mit den Kassetten erzählt hatte. Ich weiß nicht, warum. Vielleicht dachte er, John würde zu weichherzig. Luther hatte die Frechheit, unsere Affäre ... zu mißbilligen. Ich wußte, daß es ihm nicht paßte, daß mich John am Gewinn beteiligte. Und er fürchtete immer, daß John nach Peters Tod eher aufhören würde, als zuzulassen, daß Luther die Führung übernahm.

Luther hatte Angst. Aber er hätte diese Frau nicht umzubringen brauchen. John hatte ihr kein Wort erzählt.

Jedenfalls gestand Luther Gus, was er getan hatte. Er sagte, er hätte es getan, um die ganze Gruppe zu schützen, und falls man ihn jemals schnappte, verhaftete, würde er uns alle mit hineinziehen – der Polizei erzählen, daß wir alle beschlossen hätten, Glenda Fuchs umzubringen.«

Jane sah flehend von mir zu Nora und dann wieder zu mir. »Wir wußten nicht, was Luther vorhatte, Miss Nestleton. Ich schwöre Ihnen, wir haben mit Glendas Tod nichts zu tun. Wir sind keine Mörder, keiner von uns. Es war bloß ... bloß ...«

»Armut? Menschliche Geldgier?« warf ich trocken ein.

Jane verstummte.

»Tut mir leid, Nora«, sagte Gus kaum hörbar.

Nora schüttelte nur den Kopf.

»Julio und die anderen haben heute die Nerven verloren«, sagte er. »Und als ich hörte, daß du – ausgerechnet du – versucht hast, bei unserem Geschäft mitzumischen ... uns vielleicht sogar zu erpressen ... nun, da mußte ich nachsehen, was du hier hast.«

Nora sah ihn verdutzt an. »Aber woher wußtest du denn ...« begann sie.

»Das spielt im Augenblick keine Rolle, Nora«, unterbrach ich sie. »Das erkläre ich dir später. Jetzt müssen wir die Polizei rufen. Ich versuche, Aaron Stoner zu erreichen. Er wird sehr erfreut sein, wenn er sieht, was eine bessere Mausefalle bewirken kann.«

»Gott sei Dank«, sagte Nora. »Ich dachte schon, ich müßte dieses Ding hier benutzen.«

Sie wedelte sorglos mit der Pistole herum.

Gus duckte sich beunruhigt.

Das wäre nicht nötig gewesen. Ich wußte, daß sie nicht geladen war.

18

Ich befand mich irgendwo in dieser merkwürdigen Grauzone zwischen Wachen und Schlafen.

Jener Zeit, in der man die traurigsten Träume hat.

In diesem Traum gibt Nora in einem Penthaus in Manhattan, das aus einem William-Powell-Film stammen könnte, eine glanzvolle Party. Alle Gäste tragen glitzernde Abendkleider und Smokings. Die Unterhaltung ist geistreich, sexy und wissend, und der Champagner fließt in Strömen.

Ein Mann mit perlweißen Zähnen spielt Musicalmelodien auf einem Stutzflügel, dessen Tasten genauso schimmern wie seine Zähne.

Und inmitten all der flirtenden, fröhlichen Menschen schwebe ich durch das Zimmer. Mein Gesichtsausdruck ist traurig. Ich trage ein langes Kleid aus Straußenfedern.

Plötzlich entsteht an den französischen Türen ein riesiger Tumult. Einer der weiblichen Gäste fällt vor lauter Schreck in Ohnmacht.

Im Rahmen der Balkontür sehe ich einen klobigen

dunklen Vogel, der verzweifelt mit den Flügeln gegen die Scheiben schlägt. In seiner Erregung beginnt er sich wie verrückt gegen die französischen Türen zu werfen.

Alle anderen laufen entsetzt davon vor dem riesigen Vogel mit seinen Augen wie flüssiges Feuer. Nur ich gehe auf ihn zu – ich schwebe zum Fenster wie von einer unsichtbaren Schnur gezogen.

Jetzt kann ich den Vogel deutlich sehen.

Er krächzt. Er schreit. Er schlägt wild um sich.

Jetzt stehen wir einander von Angesicht zu Angesicht gegenüber, der zornige Vogel auf seiner Seite der Glasscheibe, ich auf meiner.

Ich kann seine Qualen sehen. Ich versuche, beruhigend auf das Tier einzureden. Aber es versteht mich nicht.

Schließlich verwandeln sich seine gequälten Vogellaute in Schreie – menschliche Schreie –, und der Vogel ist jetzt kein Federtier mehr, sondern ein Mann in einem schäbigen Mantel.

Es ist Tony Basillio.

Da stemme ich die französischen Türen auf und strecke beide Arme nach Tony aus.

Aber es ist zu spät.

Er taumelt zurück über das Geländer und verschwindet, verschmilzt mit der schwarzen Nacht.

Ich stand auf und machte mir eine Tasse Tee. Zitternd und erschreckt saß ich im Licht des frühen Morgens da und trank sie.

Die Katzen erhoben sich kurz und blickten herum, um zu sehen, was los war. Als sie sich vergewissert hatten, daß alles in Ordnung war, zogen sie sich auf ihre Schlummerplätzchen zurück und schliefen wieder ein.

Genug Verluste, dachte ich. Genug gestorben. Genug getrauert.

Später am Morgen, als der Rest der Welt aufgestanden war, rief ich Basillio an.

Er war anfangs nicht sehr freundlich. Aber er legte nicht auf.

Sein neuer Job mache ihm Spaß, sagte er. Aber andererseits sei es immer toll, mit jungen Menschen zu arbeiten. Die Mitglieder dieser tatkräftigen und talentierten Theatertruppe betrachteten ihn als eine Art erfahrenen alten Veteranen. Und zu seiner Überraschung sei ihm das angenehm – selbst, wenn eine der schönen jungen Schauspielerinnen unverkennbar mit ihm sprach, als sei er ihr Großvater.

Ich erzählte ihm, was es in meinem Leben Neues gab. Und ich berichtete ihm, wie der Fall John Cerise/Krispus ausgegangen war. Er war gebührend beeindruckt und beglückwünschte mich dazu, wie ich ihn gelöst hatte.

Wir sagten, vielleicht sollten wir irgendwann nächste Woche miteinander zu Abend essen – vielleicht. Und dabei beließen wir es.

Es fiel kein Wort über Aaron Stoner. Tony erwähnte ihn nicht und ich auch nicht.

»Grüß' Nora von mir, ja?« bat er am Ende der Unterhaltung.

Ich versicherte ihm, daß ich das tun würde.

»Und den Rowdy auch«, fügte er hinzu.

»Wen?«

»Pancho«, erklärte Tony. »Grüße auch Pancho von mir. Irgendwie fehlt er mir.«

Wie es schien, war das Gespräch zu Ende.

Aber er legte nicht auf.

Ich auch nicht.

Pancho sauste an mir vorbei, zu schnell, als daß ich ihm Tonys Grüße hätte ausrichten können.

Ich wartete.

»Schwedenmädel, ich möchte etwas sagen.«

»Sag es.«

»Ich mache mir Sorgen um dich.«

Aus irgendeinem Grund fand ich diesen Satz komisch. Ich lachte laut auf.

»Ich glaube, du bist vielleicht vom Weg abgekommen.«

Das war noch lustiger. Pancho kam wieder vorbeigeflitzt. Bushy kletterte auf meinen Schoß.

»Ich meine«, fuhr Tony fort, »in bezug auf das Theater, Schwedenmädel.«

»Klar, das Theater«, wiederholte ich.

»Ich will damit sagen, Alice, daß du deine Talente verschleuderst.«

»Tun wir das nicht alle?«

»Ich meine, all dieser Unsinn mit den Verbrechen ... das blöde Catsitten ... das alles fordert seinen Tribut.«

»Wenn ich kann, arbeite ich als Schauspielerin, Tony. Was zum Teufel soll ich denn tun? Wieder in Schauspielschul- Inszenierungen von frühen Tennessee-Williams-Einaktern auftreten?«

Wieder dieses lange Schweigen.

»Schwedenmädel ... für Menschen wie dich und mich gibt es nichts anderes.«

»Vielleicht solltest du wieder schlafengehen, Tony.«

»Warte!«

»Ich warte.«

»Weißt du noch, was Brecht gesagt hat?«

»Worüber?«

»Über den Broadway.«

»Nein.«

»Er sagte, der Broadway sei bloß ein unbedeutender Teil des internationalen Drogenhandels.«

»Das ist lächerlich.«

»Er meinte das nicht wörtlich. Es war eine Metapher.«

»Ich hasse Metaphern.«

»Er meinte, daß man sich von jeder Verblendung befreien muß. Es gibt den Schauspieler, das Publikum, den Text und was zwischen ihnen passiert. Das ist alles.«

»Aber Tony«, sagte ich heftig, hinterhältig. »Ich bin doch bloß ein kleines Bauernmädchen aus Minnesota. Das ist das einzige, was ich habe – meine Verblendungen.«

»Offenbar bist du nicht an einer ernsthaften Unterhaltung interessiert.«

»Eigentlich, Tony, würde ich mich gerne einmal ernsthaft unterhalten – mit Marlene.«

»Jetzt verstehe ich gar nichts mehr.«

»Dietrich. Als ich achtzehn war, sagten alle, ich sei eine Art ländliche Version der Lola Lola aus dem *Blauen Engel*. Und erinnerst du dich nicht mehr an ihr Lied ›*Ich bin von Kopf bis Fuß auf Liebe eingestellt*‹?«

Wieder Schweigen. Dann hörte ich, wie eine Whiskeyflasche geöffnet wurde.

Pancho sprang auf das Fensterbrett und machte sich mit einem Katzenbuckel zum Angriff bereit.

»Das ist alles, was Menschen wie du und ich haben«, flüsterte Tony. »Das Theater.«

Dann legte er auf.

»Nein«, sagte ich in den toten Hörer. »Ich habe viel mehr.«

Dann ging ich hinüber zu Pancho.

»Erinnerst du dich an John?« fragte ich.

Pancho gab keine Antwort.

»Er sagte, du seist die Reinkarnation eines der Marschälle von Napoleon.«

Das machte auf Pancho keinen Eindruck.

»Ich weiß nicht, was ich tun soll, Pancho. Ich weiß nicht, wem ich trauen soll.«

Er starrte mich an.

»Ich meine, dein Freund John ist tot, und dein Freund Tony ist weg, Pancho.«

Plötzlich verspürte ich eine wahnsinnige Wut auf Tony. Wie konnte er es wagen, meine Loyalität zum Theater anzuzweifeln!

Dann verebbte die Wut.

Auch das wird vorbeigehen, dachte ich.

»Tony läßt dich grüßen, Panch.«

Und dann begann ich die Wohnung zu putzen.

19

Zu unser aller Entzücken lief Nora hektisch an der Außenwand des Lofts hin und her, ließ ihren langen Wollrock schwingen und rief dabei spitz: »Oh la la!«

Sie gab die Parodie einer Tanznummer aus *Can-Can* zum besten.

Und beendete sie mit einem etwas abgeschwächten Moulin-Rouge-Spagat, bei dem Bushy schreiend ins Badezimmer floh.

Aaron Stoner, Nora und ich schrien auch. Ich lachte so viel wie seit Jahren nicht mehr.

Als wir uns alle ein wenig beruhigt hatten, öffnete ich die exquisite Flasche Wein, die Nora mitgebracht hatte.

Aaron hatte ebenfalls ein Geschenk mitgebracht. Er schenkte mir vier schwedische Weingläser. Ich glaube, er wollte mir damit auf diplomatische Art zu verstehen geben, daß meine dicken, ordinären Wassergläser für jedes Getränk, das mehr als $ 3,99 pro Flasche kostete, ungeeignet waren.

Dann flaute unsere Stimmung plötzlich ab, und unsere Gedanken wandten sich den ernsten und vielleicht tragischen Aspekten des Falles – der Fälle – zu, an denen wir alle beteiligt gewesen waren.

Es war seltsam. Man konnte nicht wirklich sagen, daß wir alle zusammen an dem Fall gearbeitet hatten; es kam uns nur so vor.

Ich war wegen John Cerise darin verwickelt worden und wegen meiner Weigerung, seinen schrecklichen Tod einfach so hinzunehmen.

Hätte ich ihn hinnehmen sollen? fragte ich mich unwillkürlich. Wäre es besser gewesen, die Sache auf sich beruhen zu lassen? Ich hätte nie erfahren, daß er – um es unverblümt auszudrücken – ein Verbrecher, ein Gauner gewesen war. Ich wäre niemals in das verworrene, jämmerliche Leben der Familie Krispus hineingezogen worden, ganz zu schweigen von dem überaus unattraktiven Luther Kaminecki.

Aber natürlich hätte ich dann auch nie erfahren, daß John ein Kind hinterlassen hatte. Das konnte in keinem Fall etwas Schlechtes sein. Ich hoffte, ich würde eines Tages die Gelegenheit bekommen, Bobbi Ann Budd kennenzulernen. Das letzte, was ich von ihr gehört hatte, war, daß sie eine großzügige Stiftung für die Organisation ›Unsere Streunenden Katzen‹ plante.

Nora Karroll hatte ihren Traum verwirklicht und Della Street gespielt. Und wie! Ohne sie hätte ich meine Ermittlungen nicht durchführen können. Ich hatte schon mit Polizisten, mit Profis gearbeitet, die nicht halb so intuitiv, erfinderisch oder scharfsinnig waren wie Nora.

Es habe ihr einen Riesenspaß gemacht, mir bei der Lösung des Falles zu helfen, sagte sie, aber jetzt würde sie Trenchcoat und Pistole wieder gegen ihre fleckige weiße Schürze und das Tranchiermesser tauschen. Sie mußte wieder zurück in ihren richtigen Beruf – die Gastronomie.

Was Aaron anlangte, die Fakten im Fall John Cerise / Krispus mochten vielleicht ausgefallen sein – »völlig überdreht« nannte er sie sogar –, aber für ihn war das ganz alltäglich. Er hatte praktisch jeden Tag mit Mord, Habgier und Lügen zu tun. Hätten nicht ich – und Nora – dabei mitgemischt, wäre es für ihn ein Fall wie jeder andere gewesen.

»Sie haben Kaminecki des Mordes an Glenda Fuchs so gut wie überführt«, sagte Aaron. »Und das noch vor den Anklagen wegen Diebstahls, Copyright-Vergehen, Steuerhinterziehung, verbotenem Abhören, Geldwäsche und allen möglichen anderen Anklagen, die auf ihn zukommen.«

»Wann wird es soweit sein?« fragte ich. »Haben denn Jane Krispus und Gus nicht alles gestanden und ihre Aussage unterschrieben?«

»Ja, haben sie. Nun, ich möchte es so ausdrücken: Sie haben die offenen Fragen beantwortet. Sie haben uns die ganze Geschichte des Coups geschildert; sie haben beschrieben, wie die Verteilung funktionierte, uns gesagt, wo das Lager war. Die Bundespolizei hat Tausende von diesen Kassetten beschlagnahmt. Der Staatsanwalt sagt, er bereitet mehr als ein Dutzend Anklagen vor.«

»Was haben sie nicht gesagt?« fragte Nora.

»Sie haben uns alles gesagt, außer die Namen der einzelnen Tänzer und Sänger. Ich weiß nicht, ob sie ihre Namen wirklich nicht kennen, oder ob sie –«

»Ob sie das fahrende Volk schützen wollen«, beendete Nora den Satz für ihn. »Das wäre logisch. Bringt alle hinter Gitter. Aber laßt das fahrende Volk noch einen Tag tanzen.«

Sie lächelte ein wenig.

»Und Adda Krispus?« fragte ich. »Bringt sie etwas Licht in die Sache?«

Aaron schüttelte den Kopf. »Sie ist nach wie vor stumm wie ein Fisch. Ich glaube aber nicht, daß der Richter sie ins Gefängnis schicken wird. Sie wird wahrscheinlich in einer Klapsmühle landen. Ich sage nicht gern etwas so Brutales, aber wie lange hat sie denn noch zu leben?«

»Ja, du hast natürlich recht, Aaron«, entgegnete ich nachdenklich.

Ich dachte in diesem Augenblick an John. Nicht nur an diese furchtbaren letzten Minuten, sondern an sein gesamtes Leben. An das Gute und das Schlechte. Die Höhen und Tiefen. Es war, als hätte ich die ganze Zeit seine Hand gehalten – die Hand einer Leiche – ihn mit mir herumgeschleppt –, und könne ihn jetzt loslassen.

Ich blickte zu Stoner hinüber. Er schien sich wohl zu fühlen, wirkte entspannt in seinem hellblauen Baumwollpullover.

Aber gelegentlich schien sein Blick zu wandern, als dächte er an einen anderen Ort. An zu Hause? War New Orleans wirklich noch immer sein Zuhause? Er war so eine merkwürdige Mischung – ein in den Südstaaten geborener New Yorker Polizist mit einem in vieler Hinsicht kultivierten Geschmack. Ich vertraute ihm.

»Aaron?«

»Was?«

»Etwas läßt mir keine Ruhe.«

»Was denn, *Chérie*?« Er sah mich herausfordernd über den Rand seines Weinglases an.

»Der Grund.«

Er lachte. »Bis zum heutigen Tag weiß niemand, warum im Krimkrieg die Leichte Kavalleriebrigade zur Attacke ins Tal des Todes ritt.«

»Ich meine, warum Peter Krispus sein Geld Bobbi Ann Budd hinterlassen hat.«

»Jane Krispus sagt, sie weiß nicht, warum. Aber es gibt nicht allzu viele Möglichkeiten, nicht wahr, Alice?«

»Nein. Allzu viele gibt es nicht«, pflichtete ich ihm bei. »Vielleicht war es nur Zufall. Sie war da. Er traute keinem in seinem Gefolge, daß er sich um seine Katzen kümmern würde. Also ernannte er sie zur Betreuerin.«

»Möglich«, sagte er.

»Oder vielleicht war sie in Wirklichkeit die letzte in einer ganzen Reihe junger Frauen, die der alte Windhund verführt hat.«

»Möglich.«

»Oder vielleicht war es etwas anderes, Aaron. Etwas sehr Häßliches.«

»Mehr als möglich, Alice. Wahrscheinlich.«

Ich schwieg lange.

»Nun?« fragte Nora ungeduldig.

»Ich übernehme das«, sagte Aaron galant. »John Cerise fungierte als – nun, sagen wir, er hat das zwischen seiner Tochter und Krispus arrangiert – sie zusammengebracht –, damit der alte Mann ihr das Geld hinterläßt. Es war Cerises perverses Vermächtnis an die Tochter, die er niemals wirklich anerkannt hat, und an die Frau, die sie zur Welt brachte.«

Es war die traurigste Horrorgeschichte, die ich je gehört hatte.

Ich ließ ganz sanft los. Aber ich ließ los.

Eine Stunde später waren wir wieder bester Laune.

Wir hörten uns ein paar von den illegal produzierten Kassetten an, die auf unerklärliche Weise aus einer Kiste im Beweismateriallager der Polizeistation herausgefallen waren.

»Auf die hier bin ich wirklich neugierig«, sagte ich und nahm eine der Hüllen. »Spielen wir die als nächstes.«

Auf dem Rücken der Plastikhülle stand *101 Dalmatiner*.

Ich steckte die Kassette in den Recorder. Noch bevor ich zu meinem Platz zurückkam, hörte ich die Overtüre an- und abschwellen – Triangel und Hörner und das Krachen der Becken.

»O nein«, stöhnte Nora laut. »Entschuldigt, mir kommt der Kaffee hoch.«

Ich sah zu Aaron hinüber, der übertrieben mit den Augen rollte.

»Was denn?« fragte ich die beiden. »Was ist denn los?«

»Alice«, sagte Nora, »willst du damit sagen, du erkennst diese Musik nicht?«

Ich schüttelte den Kopf. »Nein. Was ist das?«

Die beiden lachten mich aus – lachten mich ganz offen aus – und sagten dann wie aus einem Mund:

»*Cats*, Alice ... *Cats*!«

AtV

Band 1177

Lydia Adamson
Eine Katze auf dem Laufsteg

Kriminalroman

Aus dem Amerikanischen
von Christine Pavesicz

176 Seiten
ISBN 3-7466-1177-6

Eine elegante New Yorker Modeboutique hat Alice Nestleton, verkannte Schauspielerin und Catsitterin im Nebenjob, gemeinsam mit ihrer Nichte zu Aufnahmen für die neue Kollektion gebeten. Man versammelt sich in dem Loft von Freunden der beiden charmanten Designerinnen Grace Anne und Samantha. Alice und ihre Nichte werden angekleidet und geschminkt, nur der berühmte Londoner Modephotograph fehlt noch. Doch noch bevor Alice ihre Karriere als Model beginnen kann, findet sie den Hausherrn des Lofts vergiftet in der Küche. Seine Ehefrau bittet Alice flehentlich, den Fall zu übernehmen.

AtV

Band 1176

Lydia Adamson

Eine Katze lädt zur Weihnachtsgans

Kriminalroman

Aus dem Amerikanischen
von Christine Pavesicz

180 Seiten
ISBN 3-7466-1176-8

Der Vorstand eines New Yorker Obdachlosenheims wartet kurz vor Weihnachten vergeblich auf die jährliche Spende eines unbekannten Wohltäters. Ist der Scheck in der Post verlorengegangen? Oder hat der anonyme Gönner kein Interesse mehr an der Arbeit der karitativen Einrichtung? Der tragische Selbstmord Will Hollands, Mitglied des Vorstands, läßt auf ein Verbrechen schließen. Katzenliebhaberin Alice Nestleton macht sich auf die Suche nach dem mysteriösen Spender.